涵芬楼文化 出品

那些
极境
教我的事

陈维沧 著·摄影

商务印书馆

2012年·北京

推荐序 /
人生的三种境界

蔡志忠

人有三个阶段：

起初他崇拜文凭、地位、权势、财富。

再进一步，他思考自己来此一生的意义。

最后，他找到人生的目的，真正活出自己！于是，他已经从第一
阶段，进入最后阶段。

我刚认识陈先生时，他正处于人的第二阶段，但他没有在此停留
太久，早早进入最后一个阶段：融入生命之中，活出自己。

他用这本书告诉我们，生命可以这样活法，

而不只是把生命全部用来换取，我们早就不再需要的东西。

我们只有一辈子，我们只能活一次，生命无法重新来过。

生命不是用来换取权势名位而已。

我们打开门走出去，都清楚知道自己要去哪里！

每个人更应该思考：这辈子到底是为了什么？

想清楚之后便知道自己真正要的是什么。自知该怎么活。

李伟文（台湾荒野保护协会荣誉理事长。著有：《教养可以这么浪漫》、《我的野人朋友》、《你每天都在改变世界》）

推荐序 /
美到极致就只是一声叹息

李伟文

南北极、沙漠、喜马拉雅山，这些名词对现代人而言，是既熟悉却又陌生的地方。说熟悉，是因为几乎每天在各种媒体与不同议题中不断出现，说陌生，是因为很少有人可以亲自探访，甚至我们周边认识的朋友，也很少有人去过。

这些地方又称为极境，地球上极端的环境，要么冷得无法想象，要么又干又热，不然就是高到无法呼吸。这些极境，对任何生物而言，都是非常恶劣艰困的环境，可是就算是有人，包括维沧兄，常问自己，也是别人常问他的："明知其艰苦，为何偏向艰苦行？"

的确，一个人要有多大的决心，多深的渴望，才能在六七十岁的年纪，一次又一次冒着生命危险以及肉体的困顿疲惫接受挑战？四次到南极，三次到北极，以及难以计数的沙漠与高山之行，这些动力，一定是来自生命里更深沉的呼唤。

我相信这种热情绝不是那种"我来，我见，我征服"的炫耀式的游览，而是当我们能够一次又一次把自己逼迫到最极端的绝境下，才能彰显出生命的深刻与意义，甚至寻得精神上与肉体上的重生与复苏。

维沧兄正是荒野保护协会义工们的典范，毫不藏私地把他毕生的经验与体会；加上他拍摄的精彩动人的照片，分享给大家，或许我们没有机会到这些极境之地，但是看完书，相信你也会如同我一样，深深地叹一口气，因为，人们在面对极致的美与感动时，往往也只是一声叹息。

目　录

推荐序

人生的三种境界　　　　◎蔡志忠

美到极致就只是一声叹息　◎李伟文

01

心的力量，超乎想象　　Himalayas

喜马拉雅——天堂与地狱之间/1

疲惫的身心，浸润在对未知的恐惧与绚丽美景的期盼中。
一面追逐着跌宕起伏的景象，
一面领略着危机四伏的惊悚，
心灵与身体不断交涉，任何一个念头的改变，都牵动着下一步的安危。

02

生命渺小可贵，心域无限宽广

Antarctic

南极——一本接近灵魂的大书/31

这瞬息万变的景象，以及数度身涉险境，
让我深刻体会到：
生命，是如此的渺小而可贵；
心域，是如此的宽广而无限。

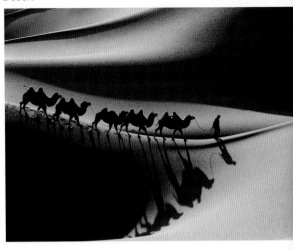

04

在险恶与美丽之间学习谦卑　Desert

沙漠——陆上的海洋/151

汹涌澎湃的沙浪蛮横而来，
沙漠瞬间变了样貌。
它的美，美得让人不由自主地想接近，
而暂时忘了那些柔美、幻变的光影背后
潜在的危机。
正因为沙漠的危险，让人更加谦卑；
沙漠的虚无与宁静，让人亲近孤独。
从孤独中，照见自己的心，看见生命的美丽。

后记/188

03

世间事如极光，梦幻生灭　North Pole

北极——世界的顶点/89

凝视北极熊白色的身影，
倒影在晶蓝色的浮冰上；
放眼夜空中幽幽渺渺的极光，梦幻的生灭；
细数苔原上的小生命，坚韧的成长……
当我来到北极正90度，
站在地球的最顶点，
心境却是如此宁静与和平。

喜马拉雅——天堂与地狱之间

心的力量，超乎想象 Himalayas

疲惫的身心，浸润在对未知的恐惧与绚丽美景的期盼中。一面追逐着跌宕起伏的景象，一面领略着危机四伏的惊悚，心灵与身体不断交涉，任何一个念头的改变，都牵动着下一步的安危。这时才深深体会到：心的力量，超乎想象！

想亲睹珠穆朗玛峰之美，
只有走向她

　　寒风冰凉刺骨，湿蒙蒙的云雾穿梭往返，一支气喘吁吁的队伍，挣扎在空气稀薄的尼泊尔山区。我怀里揣着澎湃汹涌的心跳，眼睛盯着沉重的双脚，弯着腰缩着脖子，紧紧跟着队伍慢慢往上爬……回想1998年年初登喜马拉雅山的一幕幕影像，至今仍历历在目。

　　当初听说我要去喜马拉雅山，亲友们纷纷出面劝阻，要我打消念头。家人说，搭直升机穿梭高山峻岭，太危险了！同事说，年壮的团员都有登山经验，你有足够的体力随团完成行程吗？好友甚至以激将法说我逞强好胜，从不曾爬过高山，必定无法适应高海拔环境，未免也太自不量力了！

　　尽管众说纷纭，但我攀峰的动机太强烈了，一方面想亲自看一眼珠穆朗玛峰，另一方面想证明自己的体能足以挑战登山的恐惧感。即使未曾受到任何鼓励和祝福，我还是出发了！抱着破釜沉舟的信念，把要交代的事都列好清单一一嘱咐，包括资产的明细，以及特别为父母保留的一笔钱。遗嘱也早就拟好了，包括最后的心愿：

　　　　当我病危时，千万别救我！
　　　　当我离开了人间，请捐赠我的躯体给相关单位。
　　　　当我成为无法治愈的濒死病患，我要求自然死亡。如果能治愈，但得长期卧床或靠轮椅行动，不能言语，事事仰赖他人，或形同植物人时，我不愿苟延残喘，我要求个人的尊严，选择自然死亡。

我随时可以奉　主召，欣然面对死亡，但不愿忍受剧痛，忍受病魔的折磨。因此当我病危期间，除非有复原的可能，过正常人的生活，否则千万别送往医院。我无须点滴、强心剂、升血压药物、输血或洗肾，不做心肺复苏的急救手术，更不必装呼吸器。前三天断食只给饮水，之后中断一切饮食，对我最大的爱护，是给我止痛剂，打吗啡或任何镇静剂，请让我自然死亡。

我的生命终止之后，可以办理躯体捐赠手续，不要举行任何告别式。如果能将我的骨灰以树葬、洒葬或海葬等任何不占空间、不污染环境的方式处理，更为理想。

这是我在神智清醒，经过深思熟虑，所作的决定。我希望这个愿望能得到尊重，并由相关的人员执行。

当我将身后事说清楚，锁进保险柜，又将保险柜密码告诉内人之后，就了无牵挂地启程，参加由摄影家黄丁盛领队的跋山摄影之旅，作为人生壮游的第一步。期待能借由这趟健行摄影之旅，沿途捕捉美的瞬间，在摄影中观察，在观察中学习与领悟。

珠穆朗玛峰震撼人心的美，越过万丈深谷的险，以及在高山症发作下攀登陡坡时的刻骨铭心，令人永难忘怀。这趟旅程，是我旅游摄影的起点，是往后探险南北极与沙漠极境的开端，也是我探索生命之旅的启程。

挑战恐惧，
把危险当作人生的学习

　　天气晴朗的早晨，俄罗斯直升机载着 19 位队友兴奋的期待，从尼泊尔首都加德满都出发，直飞鲁克拉（Lukla）失事率排行全世界第六的机场。40 分钟的飞行里程，节省了一星期的健行时间。

　　这一趟跋山摄影的健行路线，位于尼泊尔境内，喜马拉雅山南坡的萨珈玛塔国家公园（Sagarmatha National Park）。搭直升机抵达起点鲁克拉（海拔 2835 米），往珠穆朗玛峰基地营（Everest Base Camp，简称 EBC，海拔 5360 米）来回总长 100公里，全程走完需费时 12 到 15 天，海拔高度从 2500 米攀升至

5500 米，一望无际的冰川与雪山，是此路线最大的特色。

世界十大高峰中，有八座位于尼泊尔境内。半世纪前开始，各国专业登山队相继征服世界高峰，自此，尼泊尔健行事业日趋发达。健行步道散布在各山区，每隔1 到 3 小时的行程，就有客栈供应食宿，游客可在此雇请向导与挑夫，分担行囊的重量，轻装健行。每年的 10 月开始，到翌年的 5 月较适合健行，尤其 10 月、11 月之间雨季结束，气温最为凉爽舒适。

尼泊尔的健行路线设计多样化，可选择当日往返或长达一个月的行程。热门路线有五条：珠穆朗玛峰基地营、蓝塘山区的蓝塘路线（Langtang）、安娜普娜基地营（Annapurna Base Camp，简称 ABC）、普恩山（Poon Hill）和佐莫索姆（Jomsom）路线。

破旧的直升机飞向连绵雪山，机舱里塞满了行李、相机和脚架，我们挤在没有安全带的小座位上，双手紧抓着椅子，再用双脚紧抵座位前的行李，以免滑动。队员们个个表情凝重，彼此只有眼神的交会，而无丝毫攀谈的兴致，仿佛绝地任务的执行小组，共同等待着未知的命运。尼泊尔的飞行纪录恶名昭彰，早有耳闻。直到置身于机内，领受机身忽上忽下的跳动，以及乱流中异常的抖动，好像随时都有坠落的危机，才知恶名也非浪得！

我眺望机窗外一座座雪亮的大山，内心混杂着恐惧和兴奋。这趟旅行，有太多未知的变量！这架设备普通的破旧直升机，能安全飞过高山峻岭抵达鲁克拉吗？我的身体能适应高山气候吗？我是唯一没有登山经验的团员，有足够的体力走完全程平安归返吗？

虽然满脑子都是问号，但是亲临喜马拉雅山的念头，一直萦绕我心。勇敢面对危险的情境，是人生不可避免的学习。我固然渴望顺利安全的人生，但更想挑战内心的恐惧。望着窗外雪白的山头，不禁在心中低语："喜马拉雅山，我，终于来了！"

生活越简单，
越靠近自己的心

直升机降落时，扬起一片尘烟，直到尘沙缓缓落定，我那颗随着飞行一起颠簸动荡的心，才算稳定踏实下来，暗自松了一口气。

刚走下飞机，附近的居民就迎上前来，带着好奇和微笑，想帮我们搬行李。虽然互不相识，但他们纯朴的眼神，却为旅人心中注入一丝温暖。让我感觉到有朋自远方来的喜悦，似乎存在于世界任何角落。举目四顾之下，陌生的环境，伴随着未知的艰险，一股即将出征的激昂情绪，莫名涌出。

午后，大家把所有的行李、干粮、器材都清点好，摄影队19人连同雪巴挑夫们共四十多人，引领着驮重的牦牛队伍，浩浩荡荡踏上健行之旅。

　　健行（trekking）这个词源于南非，原意是指带着家当和牲口长途跋涉，为寻求下一个新的居所而迁移。现代的健行则意指携带维生必需品，依计划路线在山中步行，深入探寻山林之美。我们此次的健行，更倾向于前者。此外尼泊尔的健行还分为两个等级，1000~3500 米属于中海拔健行。此趟健行摄影之旅，属于 3500 米以上的高海拔健行，必须有登高山的体力、经验和装备才行。

　　响咚咚的牛铃声，一路带领我们在起起伏伏的山路上慢行，尽情拍摄美景。沿路有高耸的山峰、清澈的溪流，以及井然有序的梯田为伴。迎面而来的陌生人，亲切问候"Namaste"，是这人间天上的共通语言，表达着真诚与友善。一路上共穿越了二十几座桥，时而下切河谷沿河岸行走，时而

一听见牛铃响，就知道该让路了。牦牛是山区运送货物的好帮手，既耐寒又善于行走陡坡，能到达的极限高度是海拔6500米。

向上爬升，时而"之"字形陡上……

因为一路上有雪巴相伴，替我背负行李器材，一对一悉心照顾，让我有幸重拾大学时代的摄影兴趣，并从这趟旅途开始，展开了旅游摄影的生涯。我的雪巴经常提醒我要小心步伐，走在前头的他，有时甚至主动帮我寻找拍摄景点，架起脚架，等我一走近，便指着远方说："Good picture！"

每当远远看见藏传佛教的五色风马旗在风中飘扬，便知道前方有小村落出现。入村的路旁堆着刻有经文的玛尼石，我学着当地人的习俗信仰，绕着这些玛尼石转圈祈福。小村里零星分布的小屋，色彩明亮，多半是提供食宿的小客栈。走累了，就往小屋里坐坐，喝杯暖暖的奶茶，看着太阳下闪着光芒的雪山，小憩一番。一路上的客栈聚落，都可作为旅人食宿的休憩站。

高山缺水是普遍的现象，而这里水的价格比汽油还贵，资源短缺可见一斑。沿路我们甚至看到三岁的小孩子，卖力提水桶的景象，令人看了有些心疼。但孩子们天真无邪、纯朴友善的眼神，又让人心生欢喜。当地人的居住质量，可以用家徒四壁来形容，但从他们嘴边展现的笑容，不难感受到他们心灵的富足。

洗澡在当地是一项奢侈的享受，队员若想要洗澡，只能买一桶水，将就着洗洗，即便这样，费用也比房租高出一倍。在山上的八天，我们只洗过一次澡。客

雪巴是藏族的一支，500年前从西藏东部迁徙至尼泊尔喜马拉雅山区，以游牧为生。

栈里甚至没有电，随团厨师只点支蜡烛。为了省水也不洗菜，直接切一切就下锅。

就着昏黄的灯光，我们这群台湾登山客、雪巴以及各国的背包客共处小屋，享用烤饼及沾料的尼泊尔式晚餐。有人困了，就躺在一张简单的小床上，呼吸着冰冷而洁净的空气，沉沉地进入梦乡。虽然屋窄人稠，众人挤作一堆，但初探秘境的心情是愉悦的，灵魂是释放的。我不自觉地哼起记忆中的歌曲来："记得当时年纪小，我爱谈天你爱笑，有一回并肩坐在桃树下，风在林梢鸟在叫，我们不知怎样睡着了，梦里花落知多少。"这是卢前作词，黄自作曲的《本事》，曾经沉淀在我年幼的心灵深处，却在此时此刻浮现嘴边，真是令人不可思议！可见环境极单纯、物质极简朴的生活，让人更接近大自然的美好，也更向自己的心靠近。

眼睛上天堂，
身体下地狱

　　在山中健行的八天里，平均一天步行六七个小时。其中，第三天从海拔 2652 米的法克定（Phakding）往 3446 米的南奇村（Namche Bazar）最为艰苦，大家决定这天拼八小时的路程赶往目的地。南奇村是通往珠穆朗玛峰最大的村庄，为了适应高海拔，许多登山者把此地作为休息整顿的地方。

　　下切溪谷沿河岸行走石坡间，巍峨险峻的群山环抱，壮美之至。由于已进入海拔三千多米，空气稀薄，爬起山来更是气喘吁吁。紧接着，沿途尽是"之"字蜿蜒的陡坡，山中巨大的古木参天，更显得坡陡难行。有时，跨越连接两座大山的小索桥，只见脚下百米深的急流奔腾，溪谷深处巨石累累，场面壮观极了。疲软的双脚踩在摇摇晃晃的小桥上，感觉简直像是在"飞"。

　　眼睛所见宛如天堂的美景，令我的心直欲展翅飞翔。"之"字

形向上陡斜的山路，在两公里的行程内，海拔高度陡增640米，使得这段路走起来，像踏入黑暗的地狱一般。我费劲地喘气，稀薄的氧气似乎永远也吸不够，而双腿像绑了沙袋，举步困难。我已没有选择的余地，不得不放弃拍摄，把相机、水壶都丢给了雪巴挑夫，整整12天还拍不到三卷底片，全身心都被艰辛的步履占据，当初壮志凌云的气魄，以及挑战体能极限、摄尽山巅美景的梦想，都抛到了九霄云外，连仅次于生命的饮水都顾不得了。眼前只有一件事，就是奋力跨出每一小步。

一路上，领队黄丁盛或雪巴总是鼓励大家："快了，再10分钟就到了。再10分

传说中的雪巴人像牦牛般耐力超人，个头小的也能背负五六十公斤，步履稳健踏实。

钟。"每个10分钟，都依然是走不完的山路。苦撑着无法掌控的身体，我，一个都市人在此多么无助呀！但我仍不肯放弃，一心谨记着此行的目的——亲眼目睹世界之颠"珠穆朗玛峰"。

随着天色渐暗，云雾迷蒙，太阳被山遮住了。前一分钟还阳光绚丽、温暖的山峦，这时已全被乌压压的黑影笼罩，气温从20℃骤降到5℃。身陷险峻的高山中，

寒风冰冷刺骨，我努力地跨出一步步，和无止尽的湿滑冰雪搏斗。心里想：如果中途下大雨，或天黑前未到达目的地，后果将会如何呢？

转个弯，拐过了阴暗的山谷，眼前云雾逐渐散去，爱作弄人的太阳有如灯光大师般，结束了捉迷藏的这一幕，从云端洒下一道道金灿灿的光束，南奇村赫然呈现在眼前！花了整整八个小时的跋涉，才看见雪巴人的村庄，抵达了通往珠穆朗玛峰最后的大村落，真是柳暗花明又一村。小客栈里的温暖和友情，使我的心暂时安顿下来，热乎乎的奶茶直暖心底。

夜宿南奇村的这天晚上，两位年轻队友出现高山症，一位是大乘佛教信徒陈福祺，另一位是密宗道场负责人孙金祥。尽管他们已有登山经验，但仍难逃磨难。只见他俩脸色惨白，头痛难忍，即使用力以手按头，依然眉头紧锁，呼吸极其困难，气息急促。他们强忍疲倦盘腿打坐，口中念念有词像是在念咒语。

即使打坐、吃药，两位队友的症状也未见起色。我一方面看他们痛苦至极却爱

莫能助，另一方面也庆幸 60 岁的自己没有出现症状，同时提醒
自己要更谨慎些，不要心情亢奋或做太大的动作，一举一动尽
量缓慢，并小心保暖，千万别出状况拖累了大家。

濒死体验，
乃遇险时大脑的特殊反应

　　隔日清晨一扫阴霾，宝蓝的天空下，村里的孩子们开心地
在雪地上嬉戏。−5℃的寒雾中，露珠映射着朝阳，在嫩草尖闪
闪发亮。置身在幽谷中与尘世隔绝，感受这一刻充满希望的宁
静，是多么的幸福啊！

　　在领队的鼓励之下，大家继续往天坡崎前行。海拔已达

尽管家徒四壁生活艰
苦，但孩子天真无邪
的眼睛里，依然流露
着如天使般的光芒。

我们登山客背十几公斤的相机尚需挑夫帮忙，而孩子身上背三十多公斤的薪柴，走起路来却步履稳健而气不喘。

到 4000 米，天坡崎仍然"远在天边"，感觉健行越来越艰难，每向前踏出一步都需要极大的体力和毅力。部分队员萌生了退意，放弃天坡崎的念头越来越强。但雪巴领队竭尽全力鼓励我们："无论如何，大家再往前走！"

在经历了一整天的疲惫与不适之后，傍晚，我们终于落座民宿得以歇脚。基于相同的目的和经历，我和同宿的德国人相谈甚欢。相较于前一天两位队友高山症发作，安然无恙的我多少有点沾沾自喜。在过度的亢奋忘情之下，竟然接受德国人的邀请，喝了一小杯酒。没想到这个小小的动作，让我整晚因缺氧而头痛，脖子像是被紧紧地束着，无法呼吸到一丁点稀薄的氧气，身体极度虚弱疲累，心脏却狂怒似的怦怦跳个不停。我孤守着每分钟 128 下的心跳，谁知今晚是否将一命呜呼，魂断喜马拉雅山？

心脏狂跳不止，头痛欲裂，气息急促不匀，因为一杯酒，使我大意失了荆州。我辗转反侧，突然想到或许打坐可以让心跳缓慢下来。多年前，曾在农禅寺跟圣严法师学佛参禅，也曾在不同道场拜师学艺，学过数息法、观月轮、超觉静坐等打坐方法。我挣扎着爬起身，选择用早期学的超觉静坐方法，安静地盘腿打坐，克服强烈的不适感。

这是我此生最接近死亡关卡的时刻，亲身体验了所谓的濒死经验。美国明尼苏达州睡眠紊乱研究中心主任马克·马霍沃尔德表示："很多人认为濒死经验，是一种宗教或者超自然现象，实际上可以用科学方法来解释。"他进一步说明，当人类遇险心脏停止跳动时，大脑会分泌出大量的神经传递素，并释放出无数影像和感觉信息。

这些信息本来都存在大脑的记忆库中，因此有濒死体验的人，看到的大都是他们经历过的场景，一般通称为倒带现象。至于很多人都会见到白光，以及通过一段黑暗隧道，则是大脑后部和两侧，在遇险时的一种特殊反应。当时我的脑海中似乎也正起着相同的反应……

先是出现幼儿园时，美国飞机轰炸东京，我跟随父母搭船来到台湾。

接着是小学时候捉泥鳅、打弹珠的画面。初中听了商大荣老师的一席话，放弃了文学家的梦想。高中是我最痛苦的三年，家人希望我学医，偏偏我的物理、数学、英文都不及格，父亲专程到学校拜托英文老师，承认自己教子不严之过，为我争取到补考的机会。东海大学的教育对我改变很大，校内的劳作教育、荣誉制度及工作营，为我落实了劳动神圣的观念。而牟宗三、徐复观等几位大师，更是令我受益颇多的良师。

出了社会之后，为三餐奔波劳碌，常常思维着：此生到底为谁辛苦为谁忙？周联华牧师的讲道，让我的心灵受到洗涤。南怀瑾老师的"楞严经"讲座，阐述"破妄显真"，让我知道真心与妄心的差别，妄心要逐层剥离，才能显现真心。星云大师、圣严大师所弘扬的"人间佛教"，为我树立了佛教的正见，那是秉承自太虚大师、印顺导师一脉相传的。密宗一向容易遭人误解，但慈诚罗珠堪布与索达吉堪布的教诲，令我豁然开朗。倡导安祥禅的耕云导师，更是我修行路上的恩师。台湾辅仁大学的谷寒松神父，香港玛利诺会的谭建平神父，分别用身教启发感动了我。这些我人生旅途上的大善知识，如跑马灯似的轮番出现，莫非是要接引我直奔极乐世界么？

回想我这一生还算顺利，大体上心想事成，虽然没有雄才大略，但也开创了一片小天地。对父母、对家庭，都尽到了应尽的责任，没有令他们失望。退休后还有余力回馈社会、体会为善最乐，整体上没有任何遗憾，可以心无挂碍了。古来战士以战死沙场，马革裹尸为职志，作为一个以壮游丰富人生视野的旅者，若能够葬身喜马拉雅山，也算是求仁得仁，不枉此生了。这样一想，心境开阔了许多。因为意念的平静，神奇的效果出现了，我的心跳竟渐渐缓和下来！

才刚躺下一阵子，脑中猛然冒出一件事：办公室抽屉里有两张成人光盘，是最近厂商从大陆回来带给我的高清版，还告诉我如果喜欢可以跟他拿，他手上有几百张……家人若打开抽屉看到光盘不知作何感想？念头才刚一升起，心跳立刻再次加快，辗转难眠。不得已再一次起身打坐，深呼吸。想想我若真的命丧于此，人都已经往生了，一切皆已尘归尘、土归土，还在乎别人的眼光和想法做什么！真是庸人自扰。生命的意义与价值，又不是建立在主观、偏见者的好恶之上，想到此处，心跳才又慢慢平静下来。

人的心情，或好或坏，往往就是一念之间，借由静坐，我用平静的心，打败了高山症的威胁。佛教说"万法唯心造，心能生万法"，再度体会：心的力量，可以克服肉体的苦难。

◎命危时刻之插曲

回到台湾后有一次和公司干部聚餐，我和大家聊起成人光盘这段插曲。有一位留学英国取得社会学硕士，带一点叛逆性格的干部Jesi，以嘲讽的口吻说我："真是死爱面子，在乎别人看法。"忠厚有余的弟弟 Jonathan 说："老哥爱惜羽毛。"另一位厦门大学毕业的老干部骆经理说："老董各方面都追求真善美，但天下没有完美的，应该把标准放低一点，放松一点，烦恼就会少一点。"我的宝贝儿子 Vincent 一派轻松，说："没想到老爸这把年纪还会看这样的片子！"引起哄堂大笑。

50 米走一个半小时，用尽力气只能提起眼皮

　　隔日清晨，领队黄丁盛给我一颗药，当时并不知是迪阿莫克斯（Dimox，可舒解高山反应），以为是什么仙丹，服用后症状缓解，不再受高山症之苦。走出屋外，迎着阳光朝露，我们再次起程，开始了雪巴口中一个又一个疲惫而艰难的"10分钟"之旅。

　　对我来说，每一个 10 分钟，都是一段漫长的折磨。虚弱的我像个重病患者，微闭起双眼，专心地跨出一小步，然后停下来喘息两小节，缓过气来再跨出另一小步。我用尽仅有的力气抬起眼皮，见身后

"单单靠技术与能力无法帮你抵达山顶——意志力才是最重要的。意志力无法用金钱购买，也不能靠别人给你，它是发自于你的心底。"1975年第一位攀登穆朗玛峰的女性田部井淳子如是说。

的队友一一超前，不由得心里就着急起来，一着急不要紧，气息喘得更厉害，雪巴好心劝我坐下来休息一下，谁知一坐下就不想起身了，短短50米路，我竟走了一个半小时。从没想到高山症是如此的痛苦难耐，那不寻常的痛楚席卷而来，仿佛经历了一段垂死前的挣扎。

领队仍是竭力打气："无论如何，大家再往前走，再10分钟，用爬的也要到！"走过一段枯黄、凄美的秋景，路旁海拔标高写着4150米，心中浮起"山重水复疑无路"的况味。大约10分钟后，转个山头，迎面吹来一股冰冷的寒气，眼前的大地竟是一片雪白，凹谷下，凝结着一列冰柱，闪透着晶莹的光芒，真个是"柳暗花明又一村"。两个迥然的景观，瞬间在我们的眼前转换，有如舞台上换布景一般，从秋季的枯涩景象转入严冬的凛冽。高山啊！竟是如此的瞬息万变！

"若非一番寒彻骨，焉得梅花扑鼻香"，我们终于见到了世界最高峰珠穆朗玛峰（8848 米），第四高峰罗兹峰（8516 米）并列其侧，两座山如姊妹般，披着轻罗白纱似的，一块儿吹云吐烟，深幽的峡谷连接着天边的云海，美极了！

终于明白为何领队鼓励我们用爬的也要到。眼前的珠穆朗玛峰，在白皑皑的冰原衬托下，更显其伟大。第一次近距离与珠穆朗玛峰相见，真有说不出的感动，我凝望着亲爱的珠穆朗玛峰，站在她的跟前，内心不停地呐喊着："我做到了！我做到了！"我确实将心的能量发挥到极致。

尽管我们还可以登得再高一些，尽管听说再往前一些，海拔 4200 米左右，有个350 年历史的小庙，景观更好，可以拍摄珠穆朗玛峰的雄姿，大家仍然决定把此地作为此行的最终点。我们心愿已足！队员们在此大合照，有志一同"见好就收"。

台湾布农族的登山勇将伍玉龙，他说："每一次上山，真的可以看到大自然的美，它有内在美，所以上山我觉得应该是修行、修身最好的地方，你可以看到真正的真、善、美。"我对真理的追求始终锲而不舍，以致走上修行的道路，向自我内心深处发掘，以期找到真实的自我。有人说："美是透过文字、声音、影像带来平和舒畅你的心情。"我壮游归来的感受就是如此。总之，我相信，追求真理，心存善念，自然就有美丽新境界。

对我来说，登山的过程，要比抵达目标更具意义。在过程中，我体验了人生，丰富了阅历。正如健行登山会的副秘书长黄一元所言，"把爬山当成一件艺术品，每一次登山活动，都是独一无二的，不可能跟人家一样。"或许，这趟旅行对年轻人或登山好手而言，不足为道，但对我来说，这段痛苦过程换来的美丽记忆，正是生命中无价的艺术品。

下山又返回南奇村时，看见一架直升机，一股不寻常的气氛顿时袭来。雪巴告诉我，有一位日本人失足坠崖了！

至今我仍时常想起山崖陡峭的画面，想起那位日本人。那段路上，除了客栈上

左一是领队，另二位是我的雪巴挑夫。感恩雪巴人为我服务，没有他们我将难以上山摄影。(上图)
终于抵达终点完成梦想，每位队友都面露胜利的喜悦。我高举右手表示"我做到了！"我右手
边戴墨镜的是雪巴，照片最左边的是领队黄丁盛。(下图)

偶遇德国人外，很少见到其他登山者，只与两位日本背包客忽前忽后的相遇，我曾向他们寒暄问好，但或许是自行背负行李已经很累，他们态度显得有些冷漠。我纳闷他们为何不找雪巴帮忙呢？据说其中一位日本人，因拍照取景必须后退，身后的大背包让他失去了重心，不慎跌落山谷，终全丢了性命。

如果，那个失足的人是我呢？不过是个小动作的疏忽，生命如此轻易的就被大山吞噬了。在珠穆朗玛峰的巍峨之下，在此浩瀚的大山之中，人显得微不足道，无形中领略到了谦卑，谁能预知下一秒钟的生死呢？

如果没有危险，登山就失去乐趣

回到台湾整整两个礼拜，每看见斜坡与楼梯都会心生胆怯，不由得双脚发软。但亲眼所见的珠穆朗玛峰，已经深深地印在脑海中。回想着珠穆朗玛峰的美，常常让我心驰神往。这也约略解开了我的迷惑：登山健行既如此艰辛危险，为何还有那么多人前赴后继呢？ 1953 年，首次登上珠穆朗玛峰的英国探险队长约翰·亨特爵士（Sir John Hunt）说："如果没有危险，登山就失去乐趣。"大山给了一个机会，考验我生命与耐力的极限。

若事先知道此行如此艰辛，远超过自己的负荷，或许我会知难而退，连试都不敢试。但，山却像谜般的美丽，美得叫人忘记危险，义无反顾地朝山巅走去。如果这趟登山之旅是全然的安全，或许就少了它的吸引力。有志者事竟成，挑战自己的极限，把困难视作生命中的学习，竟是这般吸引人。

台湾首位成功登顶珠穆朗玛峰的女勇士江秀真，后来完成了攻顶全球七大高峰时说："我觉得真的非常非常辛苦，非常非常的困难。全世界虽然有很多困难、很多痛苦，但只要你有信心，一定可以突破！"据悉，台湾至今登上珠穆朗玛峰的共计 11 人，包括 1993 年的吴锦雄，1994 年的拾方方（登顶后在下山时不幸遇到大风雪而亡），1995 年的江秀真、陈国钧，1996 年的高铭和（登顶下撤时遇暴风雪，12 名队员罹难，本人冻伤截肢，是登喜马拉雅最大的一场山难），2006 年的郭与镇，2009 年的伍玉龙、黄致豪、江秀真、李小石，2010 年的林永富、王健民。

"我参加世界七顶峰攀登队不是想破纪录，而是在攀登过程中，带给我前所未有的人生体验与意义。"江秀真在演讲中如是分享，她因为登山而找到了生命的新定位，计划以演讲的方式，行脚全台湾的校园；鼓励年轻学子，勇敢追梦，就如同她一样，清楚如何将自己奉献给社会，在每一个当下。至于她所缔造的纪录，她并没有特别在意，她认为纪录的背后能带来什么样的效应或成果才是最重要的。

自然环保的
印度教火葬

我们一行人抵达尼泊尔的当天下午，就直接前往加德满都近郊的帕斯帕提拿寺。这座寺庙位于巴格马提河旁，庙前临河的岸边，有一水泥筑起的平台，就是尼泊尔著名的印度教火葬场。我们在距离平台不到十米的地方，目睹了当地人火葬的整个仪式。熊熊的烈火烧灼着尸体，突然间，被火烧断裂的一截小腿掉落下来，主持火葬仪式者很自然地，弯腰捡起那截小腿，一扬手又丢回火堆中。整个死亡焚烧的过程，加上当地特有的仪式，堪称是探讨生死的野外教学，着着实实给我们上了一堂震撼的教育课程。

　　尼泊尔的印度教徒认为，将亲人的尸体放在河边的火葬场焚化，将骨灰撒在河内，汇流到恒河的大小支流中，有助于死者灵魂得永生。只见亲友把往生之人抬到河边，环绕遗体几圈后，行注目礼作为最终告别。而所谓的火葬场，也不过是河坛上简单用木头架起的一个木堆。注目礼毕，便将尸体抬放到木堆上，点火焚烧，大约一个半小时后，尸体烧成了灰烬，人生也画下了句点。相较于中国的土葬，这个沿袭了几千年的传统葬礼，既没有棺材，也没有骨灰瓮，节省许多物资，也不留给后代环境上的负担，真是十分符合环保的理念。

　　尼泊尔的火葬仪式，就如同西藏的天葬一般，借由肉体的瞬间毁坏消失，让人学习放下对肉体的执着，可以更坦然地面对死亡。

　　提到对死亡的坦然从容，在台湾有一位87岁高龄的单国玺枢机主教，从获知罹患肺腺癌至今，办过八十余场"生命的告别"演讲，以自身病痛的实战经历，发挥生命的光与热，激励了无数癌症病友及家属。他曾在演讲中问："一条人命值多少钱？"接着以轻松的口吻说："骨灰的分量当涂料，只能刷满一面墙。骨头中的

磷可制作成一盒火柴。骨头中的铁可制成两根铁钉。就实用的角度而论，人命的价格不到两百块！"

单主教说："人的生命就是不停的接受挑战。"他不愿教友为他祈求奇迹，因为他不想破坏自然率。面对四年来的病痛和医疗，他自我调侃是天主对他的"废物利用"，要他以绝症病人的角色来鼓励病患，要他当标靶药物的白老鼠来安慰医生。他要传达给世人的信念是：只要心中有爱，即便在生命的最后时刻，人仍能活得有质量、有尊严。单国玺枢机主教的从容告别，是一个极为珍贵的示范，教导我们体验生命真正的意义。

环保与经济效益相冲突

攀登珠穆朗玛峰，无疑是挑战人类体能的极限。有人带头开创新的局面，登高一呼引领风潮，固然值得称诵，但众人一窝蜂地追随，难免留下无法预估的后遗症。

自从 1953 年新西兰人 Edmund Hillary 及雪巴向导 Tenzing Norgay 成功攀登珠穆朗玛峰后，至今已有 4000 人跟着他们脚步登上世界最高顶，但也留下了约 5 万公斤的垃圾，使珠穆朗玛峰成为地球上最高的垃圾场。气候的变迁使得冰雪快速融解，改变了珠穆朗玛峰的面貌。以前被雪遮盖的垃圾，因为全球暖化、冰雪融化而显露出来，有些垃圾甚至是 Edmund Hillary 那个时代留下来的。虽然陆续有清运行动，垃圾被一点一滴地带下山，但从来没有人敢夸口说，真正解决了垃圾和尸体的问题。珠穆朗玛峰攀登路线根据统计有 189 位罹难者，现在大约还有 120 具遗体留在该区。

全世界超过 8000 米的 14 座山峰，有 8 座在尼泊尔境内，所以登山旅游成为该国最主要的经济来源，每年约有 5 亿美金收入。不但增加了就业机会，也照顾了居民的生计。尼泊尔政府更收取了高额的登山许可费用，以及高额的山区清洁保证金。经济的收益与环境保护很自然地相冲突，人类征服高山的欲望，同样与环保议题产生冲突，形成近代登山史上难题。

环保与经济的难题普遍存在，中国大陆对此议题也是头痛不已，一方面是中国文明开发较早，物质生活的提高，难免带来生态环境的破坏。另一方面是中国的教育，养成了人们的斗争哲学，由于无知所造成的狂妄，种下了大气污染、水污染、土地荒漠化、水土流失等祸根。为了解决经济成长与自然环保之间的矛盾，有关研究人员大声疾呼推动"绿色经济"，也就是自然资源的高效利用。但不是为了绿色而绿色，例如发展可再生燃料，却造成玉米等粮食价格飞涨，让民生更加困难。

自然环保一直都是慈善事业，靠着有限的资金投入，花掉一笔就少一笔，不能有效循环使用，就无法把环保的事业做大，更无法永续经营。我认为这虽然是慈善家的志业，但需要加入一些企业家的精神和方法，从降低成本、提高效率着手，向地球的生态系统取经，例如一种生物产生的废弃物，正好是另一种生物的有效资源，这样才能真正达到循环经济的效果。

珠穆朗玛教我的事：
生死皆如梦

　　我自认为是一个另类的佛教徒，不烧香不拜佛，也没有正式皈依三宝，但我的人生观多半受教于佛门的高僧大德，深信因果不昧，相信轮回。我私心景仰的人物，除了倡导安祥禅的耕云老师，就是周联华牧师、单国玺枢机主教，以及深入大陆麻风村，服侍病患的神父修女们，他们那种无私无我的悲悯之心，以及身体力行的风范，深深地感动着我。他们所展现的亲和力，让我明白何谓众生平等。此番极境之旅，我想冥冥中也是受到这一股感动的启发，要把心中的梦想，身体力行的去实现。

　　我对生死的看法，是服膺于庄子的"无始无终"与"人生如梦"。宇宙是亘古的无穷无尽，生命则是轮回的无始无终，只有大觉者能够认清这场人生大梦！珠穆朗玛峰之旅，让我对生命有了更深一层的体悟。近距离拍摄印度教火葬，震撼了我的心灵。高山症的虚弱体质，让我体验了濒死的幻觉，原来当身体虚弱到某个程度，脑筋会变得格外清楚。虽然以前打坐也有过灵魂出窍的经验，但身心感受是大不相同的。

同为登山客的一位日本人，只因一个小小的疏忽，竟然魂归尼泊尔山谷，人生之无常，令人咋舌惊诧！我不由得重新思索：生命的价值何在？人生的意义到底在哪里？人称非洲之父的史怀哲，他有三句话深获我心："有工作可做，有对象可爱，有希望可想。"话虽说得简单，真正落实在生活中，却是无比丰盈的。

在人迹罕至的秘境，领受大自然的洗礼，空气是洁净凛冽的，珠穆朗玛峰是屹立不动的，不由令人肃然起敬，彻底粉碎了"人定胜天"的神话。一次又一次地感受到自己的渺小，身体的脆弱，与生命的短暂。原来大自然是不能被征服的，该征服的是我们的无知与内在的恐惧。

南极——一本接近灵魂的大书

蔚蓝的海天与净白的冰原，是南极的基本色调。在这样一个敞亮的冷色调中，却隐藏着震慑心灵的美景，与波涛汹涌的险境。眼见此刻可爱而悠哉的企鹅，下一刻即将与暴风雪搏斗，此刻平静无波的海面，下一刻即有庞大的冰山迎面而来。这瞬息万变的景象，以及数度身涉险境，让我深刻体会到：生命，是如此的渺小而可贵；心域，是如此的宽广而无限。

面对死亡，
我没有想象中的豁达从容

浩瀚的冰雪荒野，只有蓝与白的纯净色彩，难得遇上一片绿色草原。咔嚓！透过相机的观景窗看出去，一对海鸟正在嬉闹打斗，吸引我全神投入，忘情地拍摄。待回过神来抬头四望，草坡与大海之间已经失去了队友的踪影。

糟糕，我落单了！遍寻不着来时路，只好赶紧穿越起伏的草原，想要笔直地往破冰船方向移动，殊不知误闯了海豹的栖息地。就在我拿起相机猛拍的当下，不知不觉中，一对海豹正一步步逼近，龇牙咧嘴地向我怒吼，低沉的吼声让我猛然一惊，拿起脚架往后退，想起了探险队长的交代：这座小岛鲜有人登陆，海豹较怕生，带着幼豹的海豹是会攻击人的！情急之下，我想放开嗓门大声嘶吼，一时竟失声叫不出来。我一面拉长了三脚架吓阻海豹，一面往后倒退，却不慎一脚陷入泥浆里！

我名副其实的"拔脚"狂奔了一

队友喊着前方有两只海鸟！我架起脚架拍摄它们嬉闹打斗，全神投入忘情拍摄的我，未发觉队友都已离开，我竟落单了。

段路，见海豹没再追来，才步履跟跄地折返烂泥地拔出长筒靴，转往岸边的方向。终于远远望见登陆点，看见船员人影，总算把心安了下来。

正待松一口气，没想到两只海豹竟又从左右逼近，这次距离比较远，而且我也比较镇静，嗓音也恢复了，于是我拉开嗓门大叫："HELP! HELP!"惊动了两位船员，他们边跑边敲击石块，制造噪音把海豹的注意力引开，我才得以跟着他们回到岸边。虽然时过境迁，偶尔还会在夜里梦见被海豹一咬一甩，将我撕裂而惊醒……几十趟的探险旅行，就属这次的经验最为震撼，让我深深体悟到，面对死亡的当下，自己并不如平常想象中的豁达从容。然而，南极的魅力，始终让我不顾生死的魂牵梦萦。2002年至今，尽管已经四探南极，仍想一去再去。

第一趟南极之旅，搭乘属于观光性质的千人游轮，由于船上无直升机，只能靠橡皮艇分批登陆上岸。船上有15艘橡皮艇，工作人员占了3艘，游客分乘12艘，每艘搭载12人，由领队带领登陆南极半岛。因人数实在太多，要花四个小时等待登陆，登上南极半岛之后，又只能一路往前走马观花，因为后面是一批批陆续登陆

的人潮，平均在岛上只停留一小时。登陆时天气很好，回到游轮上再遥望先前的登陆点，竟已是浓雾弥漫，岸边的浪也变大了，难怪经验丰富的领队语带保留，说有时天气骤变，能否上岸的变量极大。但，初睹南极的感动，让我筑起再探南极的梦想。第二趟之后，则改乘机动性较高的破冰船，并且有机会搭直升机登陆，深入企鹅的栖息地，窥见多达数万只的帝企鹅或王企鹅。

幽静壮丽的冰漠荒原，一阵阵海鸟的翱翔欢唱，以及企鹅家族的轻声低语……纯净自然之美，深深撼动了来自人间的心灵！经常有人问我，为何想一再探访南极？我感觉南极对于我来说，是一本活生生的地理书，有一种美到心灵深处的体悟。她，开拓了我的人生观，犹如一本接近灵魂的大书，让我一再地想阅读，以期达到心域无疆的境界。

暴风雪来时，
船如在空中飞

欣赏南极的绝美，绝对是需要付出代价的。说来就来的暴风，能轻易地吞噬一艘小船，看似平静的航程，更隐藏了撞冰山的危机。亲友常问我："明知其艰苦，为何却偏向艰苦行？"

探访南极尽管有一丁点冒险，还称不上是真正的探险。只要身体好，经济能力允许，愿意承受晕船之苦，每个人都有能

破冰船驶向巨浪，大浪排山倒海席卷而来，遮住了前方的视野。

我喜欢在船上，听着海鸟啾鸣渐近，又翱向远方。俯瞰大海的深蓝色彩，也引我遐思，南极的生物种类不多，而总数有4～6亿吨之多的南极磷虾，正是企鹅的基本食物。

力去南极。但必须有一个认知：别希求救援！因为外援实在遥不可及。遇上风暴时，船身晃动厉害，想站起来都无法站立，让人联想到泰坦尼克号电影画面。万一不幸船只遇难，救生衣或救生船实在无济于事，落水后的酷寒让人瞬间失温，根本等不到救难船抵达，生命就结束了。

从上船开始，每个人都有一个姓名牌，我们每一次上下船，都靠这张姓名牌作辨识和记录，万一有人下而未上，立刻可查出，务必全数而返，一个不能少。

通常探访南极有两条路线，一是从阿根廷出发，直接到南极半岛，一是经福克兰群岛到南极。一般观光客坐的是游轮，我想真正了解南极，所以第二次探访南极改坐破冰船。我从澳洲起航，经罗斯海入内陆，行程远而艰苦，常有暴风雨的袭击。单看船上的设备就可见一斑，桌椅都用铁链固定住，桌布始终保持湿润，以防杯盘滑落。

我心里清楚明白，冒险绝不是鲁莽之行，得有充分的准备。对于不可预期的状况，除了当场应变、随遇而安，其他就交给老天爷了。在体能的锻炼上，我每天快走、游泳以求加强体能，泡桑拿以适应南极急遽变化的温差，也练习泡在9℃的冰水中，试着让身体适应冰水的温度。

面对陌生的环境，我把自己的身心状态准备好，也尽可能地吸收知识。我相信做好万全的准备，才会更有余力从容地迎接变化，挑战未知。

裸身跳水，
刺痛，让心灵重生

在船上，偶尔有机会在海上冰层看见企鹅活动，每每看见企鹅"扑通"跳水隐没于冰海，总是很难想象在此冰天雪地里，像企鹅般裸身跳水是什么滋味。

第四趟探访南极时，"跳水"项目原本并不在我预想的行程之中。某日下午，暖阳普照，船上广播将有跳水活动，引起众人一阵骚动。我随口询问身旁的团员："要不要去跳水啊？"他是联安诊所总经理李文雄。出乎意料地，他不假思索就应允了。我只好赶紧奔回舱房匆忙换泳裤，一起去"跳海"！

匆忙站上了跳水台，面对一片深蓝色的汪洋，我居然能气定神闲，像跳水选手般优雅地高举双手，一鼓作气，纵身一跃。扑通！2℃低温的海面瞬间溅起大片水花。落水后，我再向前游五米，感受冰冷海水的纯净清澈，绝非泳池或任何经验可比。冰冷并没有想象的痛楚，那感觉就像数万支冰针，正要同时从头到脚刺进每一个细胞，但是还没有深深刺进来的感受，我就被拉上岸了，昂首一咕噜，喝下了一杯伏特加，真是冰火交融。

尽管下水的过程不好受，但肉体对痛苦和恐惧的记忆很短暂，心灵上获取的经验，以及挑战极限的自我超越，却是毕生难忘的。这一次无心插柳，又刷新个人的探险纪录。还记得第二次去北极正90度之旅，因顾虑太多反而打消跳水的念头。

那时候有四位队员相约跳水，第一位是英商吉时洋行的李总经理，我们昵称他为李老爹。他是个游泳健将，毫不迟疑以标准的姿势跳入水中，游了大约六米左右，转身游回来，赢得满堂彩！第二位是台东的詹医师，他一滑入水中马上爬起来，也获得掌声鼓励，但他自认为是狗熊。第三位是乌来日月光温泉旅馆的老板，也是台湾登百岳的好手林茂英，竟然临阵脱逃，说他的女儿还没有出嫁，所以决定不冒险了。我排在他的后面，体力经验都不如他，他都不敢冒险了，我还能逞什么强呢？有时候，把恐惧捧在手心又再三咀嚼，便窒碍难行，什么事也不敢做了。这一次，临时起意，说做就去做，才发现自己骨子里不服老的因子，仍然蓬勃苗壮。

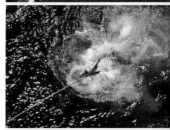

四趟南极摄影之旅，让我深刻体验旅行的艰苦。值得庆幸的是，每次回来都有新的启发，唯独对于参加跳水之事，事后回想起来却心有余悸。因为据有经验的人分析，在冰冷的

海水中超过两分钟，有可能血液凝结，无法流回心脏，造成意外死亡，可见在南极跳水确实是冒险之举！

白茫茫大地，真干净

还记得初访南极时，我站在甲板上拍摄风景，海鸥群跟随轮船飞行的，呀呀地鸣叫着。当轮船渡过 Lemaire 峡口，我初次看见了天堂般的美景。广阔的冰棚、耸直的大冰山、漂浮海面的小碎冰……不断迎面而来，有的如玉石般整齐白皙，有的甚至发出透蓝的光，如梦如幻。

有时，船行驶在有如被利刃切剖开的大冰壁河道，眼前硕大的冰面，就像千军万马排山倒海而来，一波波地向身后移动，让每个人都瞪大了眼睛。当船驶入 360 度冰景环绕的海域，四周的冰山仿佛分列式队伍，缓缓与船擦身而过，就像接受众人的检阅一般。当时我闭上双眼，深深地呼吸着冷冽的空气，几乎能听见自己的心怦怦跳，仿佛每个细胞都感受到了那一股清凉舒畅。

乘破冰船驶向冰面，又是另一种震撼。站在船头，眼前的海水凝结成冰，一片雪白连向天际，近距离亲眼看着船头在行驶间，把冰面撞出"Z"字形的裂缝，一阵喀喀作响之后，顿时露出了深蓝色的水面。这时我感觉内心的深处，好像也被撞裂了开来。而船身撞开大小浮冰时的震动，就好像冰块撞在我的身上，我正全身心接受着寒冰的洗礼。

最令人震撼的是搭直升机登陆时，视野随直升机升高，心境也逐渐开展。蓝色大海乘载着浮冰，也倒映着朵朵白云，远望脚下缓缓移动的破冰船，相对于无穷尽

乘橡皮艇上岸，欣赏冰山倒影在琉璃
蓝的海水中。阳光穿透水面照亮下面
的冰，让人窥见无穷尽的广大。

世界最大的冰山B-15冰山，于2003年破裂为三。眼前这座B-15A
冰山长160公里，约与纽约长岛一样大小。电影《后天》（The
Day After Tomorrow）中冰天雪地的场景，正是在此拍摄。

搭乘直升机要签署同意书，表示一切风险自负。从直升机上鸟瞰大地，远望脚下缓缓
移动的破冰船，相对于无穷尽的冰海，只不过是个小点，不禁慨叹人是多么渺小！

的冰海，只不过是个小小的逗点，不禁心生敬畏，慨叹人是多么渺小卑微啊！人，又何足以胜天？回头一瞥，见有人也在拭泪，想是与我心有戚戚焉！

　　我也很陶醉于另一种宁静的美。乘橡皮艇登陆冰原时，漂浮穿梭冰山间，或登岛时在冰与水之间取景，有时，白色山脉、冰山、岛屿连成一片雪白，失去了彼此的界线，一颗心在真与假之中徘徊；有时，冰山映射着阳光闪闪发亮，细腻多变的纹理，展露了风雕的神技；有时，硕大而宁静的冰山，晶莹如玉，如镜面般透亮，就好像能照见自己的内心世界。

　　这一幕幕的美景，镌刻心底。经常，我的脑海全被曹雪芹描写的"白茫茫大地真干净"的凄美意境笼罩。闭目养神时，蓝天、白云、大海、冰棚、孤岛、企鹅群等壮阔美景，不断交织盘旋。如果真有天堂，我想，大约就是眼前这般景象吧？

船上备有两台直升机，每台可搭乘团员四人。在空中短短
的十分钟倍感珍贵，俯瞰破冰船前进的画面，壮观极了。

搭乘橡皮艇登陆时，沿途观赏冰山、冰棚、
浮冰，其愉悦之情不输见到企鹅时的欣喜。

企鹅精灵，
身上结冰仍坚持守护下一代 I

　　南极的企鹅有 17 种，四趟探访中，我幸运地观察到六种，小型的种类可爱逗趣，大型的企鹅则颇有王者的优雅气势。

　　每当踏上南极的陆地，我的心就开始沸腾，热衷于拍摄的我，经常是透过镜头欣赏，用构图记录企鹅的美，观察它们孵蛋、喂食、游戏、争地盘的景况。镜头中，颊带企鹅（又称南极企鹅）用它圆滚笨重的身体，在岩石间跳跃，逗趣得让人忍俊不禁，这才发现自己的脸已经冻僵了；白色冰雪的背景中，不时有几只阿德利企鹅，像一个个迅速移动的黑色精灵。专心孵蛋的巴布亚企鹅（又称绅士企鹅），温文儒雅像沉思的高僧。有时，我奋力地用镜头捕捉肥滚滚的帝企鹅，拍摄它们一只接着一只扑倒在雪地，像是一艘又一艘肥厚的船只，用短短如桨的双翼在冰上滑行……一幕幕可爱的画面，带领我走进了卡通故事中，心境又重返童真的时代。

　　企鹅"嘎—嘎—嘎"的叫声此起彼伏，手中相机快门的"咔嚓"声也不曾间断。距离很近的企鹅一点也不怕人，蹒跚移动，却也落落大方地悠闲自得地趴伏或站立。南极公约规定，必须与企鹅保持五米距离，不可触摸企鹅，但王企鹅才不理会公约，好奇地走近观察，像个警察似的查看相机与脚架。

　　爱摄影的我们，带着第三只眼，极尽所能地抢猎画面，有时因"抓得住"而狂喜，有时也为刹那间的错失而落寞，浑然

颊带企鹅　Chinstrap Penguin

颊带企鹅与阿德利企鹅外形相似，唯一不同处是它的下颚有条黑色细带。

不觉自己在企鹅们的眼中，正演出一段搞笑的戏码，让它们欣赏呢！而我，不也是其中之一吗？

企鹅不怕人，对天敌也很沉得住气，当爱偷蛋或侵食小企鹅的贼鸥靠得太近，足以构成威胁时，企鹅才会啄开它，着实是"泰山崩于前而色不变"。企鹅也不怕海豹，和海豹一块儿在海滩休憩。有一回，王企鹅甚至好奇地贴近海豹的脸，那画面真让人发噱。原来，南极五种海豹中只有斑海豹会吃企鹅。我观察着企鹅的气定神闲，思考人类经常对小动物产生莫名的恐惧，或陷于某些事件的恐慌中，我想：他们多数是不明真相，唯有静下心来，充分了解与掌握周遭事物，才不会受无谓的恐惧所干扰。

有一幕最撼动人心的影像，是成千上万的帝企鹅或王企鹅，群聚一处的壮观场面。欣赏它们井然有序的行军时，总让我为之惊叹，看着看着，身体也不自觉地像企鹅般轻轻左右摇摆。企鹅们或列队步行，或匍匐滑行，或分列式般向左向右分行，有如阅兵数组。我想，它们这些动作，是不是在替未来的

颊带企鹅 Chinstrap Penguin

颊带企鹅的颜色与线条，恰与岩石和雪的背景融为一体。

阿德利企鹅　Adelei Penguin

白色冰雪的背景中，几只阿德利企
鹅，像一颗颗黑色精灵迅速移动。

应变作预演，为不久将来的暴风雪做准备呢？

　　望着一列长长的企鹅队朝远方走去，一幕幕熟悉的画面，使我沉浸在影片《企鹅宝贝》中，想象着眼前一片雪白的宁静。当冬天来临，阳光将逐渐黯淡而至黑暗永夜，强烈的狂冰暴雪无情肆虐，这群可爱的企鹅，将面临冰雪与天敌的考验。

　　零下几十度的寒冻中，这些企鹅爸爸们小心翼翼地弓起脚尖，护卫着企鹅蛋里微弱的心跳。黑暗里，公企鹅们围挤在一起取暖，尽管暴风雪在它们身上结成冰，尽管肚子饿了三个月，体重也只剩一半，它们仍然坚守护卫生命的承诺，全然的相互信任，等待春天的阳光，等待远行觅食的企鹅妈妈归来。

　　但，忍受饥寒的苦苦守候，一切是否徒劳？谁知母企鹅是否早已体力不支倒地？或被斑海豹捕食了？母企鹅历经险难归来，发出了呜呜的叫声，在数万只企鹅中寻找伴侣和幼子，谁知公企鹅是否还活着？孩子是否早已冻死、饿死或被贼鸥捕

巴布亚企鹅 Gentoo Penguin

巴布亚企鹅以小石子和草来筑巢，地区不同材料也不同。每次产两颗蛋，约三十六天可孵化，生活习性与阿德利企鹅、颊带企鹅类似。

帝企鹅　Emperor Penguin

王企鹅与帝企鹅两种企鹅，成年后的长
相很类似，但在企鹅幼年时，王企鹅是
棕色皮毛，帝企鹅则是灰色皮毛。

体型第二大的王企鹅，主要分布于亚极区和温带区。外观与帝企鹅相似，但颜色更鲜艳、嘴巴较长，耳斑的色调及形状也不同。擅长游泳，也是冲浪高手。它们集体繁殖，不筑巢，每次只下一个蛋，雌雄企鹅轮流孵蛋52～56天。

王企鹅　King Penguin

食？企鹅生存在条件这么恶劣的南极冰荒，生命力却如此坚强，雌雄企鹅轮流孵蛋、育幼的合作无间，令人肃然起敬。

来到南极，亲身感受企鹅饱受着孵育后代之苦、饥饿之苦、觅食之苦、被海豹吞啖之苦、寒冬冻死之苦，真是无一不苦！它们所希求的也只是生存而已。就拿狮子老虎来说，虽然是凶猛的肉食动物，但它们吃饱了之后，就懒洋洋地歇息着，不再攻击弱势动物，吃剩下的肉渣子，还可让附近盘旋的兀鹰捡一点便宜。反观人类贪婪成性，完全不知道节制，想要的永远比需要的多好几倍，更不知道珍惜所拥有的，将地球资源过度消耗，留下烂摊子让子孙收拾。

王企鹅 King Penguin

这是一大片王企鹅的栖息地，企鹅双亲井然有序地排列在外围，将企鹅宝宝保护在安全范围内。

跳岩企鹅主要分布于南极半岛至亚南极群岛。头部两侧有黄色饰羽，主要捕食小鱼及磷虾。它们脾气暴躁而凶悍，是最具攻击性的企鹅。它们往前跳一步可达30厘米高，能越过小丘与坑穴，是企鹅中的攀越高手。

王企鹅　King Penguin

企鹅的身型就像潜水艇一样，流线型的曲线可以减少水中阻力，非常适合在水中生活，更以"海豚泳"的姿势著称。这种泳姿像海豚一样，潜在水中一段时间，又砰一声地跳跃出水面，这样不仅可以换气，也不用减缓速度。数据显示，企鹅可以在水中潜伏18分钟之久，到达深265米的地方。

企鹅与泰迪熊
巧相逢

　　泰迪熊不是某个品牌的名字，而是所有毛绒玩具熊的泛称。它的诞生，与美国老罗斯福总统有关。1902 年秋天，罗斯福在密西西比河一带打猎，却没有任何收获，同行人员为了安慰总统，便将一只小黑熊绑在树上请总统射杀，但罗斯福一看见小黑熊惹人可怜的模样，不忍心将它杀死，还当场发誓再也不猎杀黑熊。

　　这件事被一位漫画家刊载在《华盛顿邮报》上，结果总统拒绝猎杀黑熊的事迹，引发一股热爱熊的风潮，其后玩具商莫里斯以罗斯福总统的小名"Teddy"为名，制作了世界上第一只填充玩具熊，小熊天真无邪的可爱模样，深受人们喜爱，从此泰迪熊（Teddy Bear）一炮而红，成为家喻户晓的毛绒玩具。

　　泰迪熊自幼陪伴着英国孩子成长，人们习惯在长途旅行中人手一只，要在泰迪熊的陪伴下才好入眠，连英国查理王子也不例外。

　　我在旅行时习惯带着泰迪熊，经常拿它作为主角，与后方的动物或风景合照。有一回，帝企鹅竟好奇地跑来啄我的泰迪熊，仿佛见到了外星来客一般。

　　想不到我带往南极的泰迪熊，居然成了超级模特儿，船上的队员纷纷过来抢拍，借拍之不足还来攀交情，有一位老外希望我送他一只，见他真心喜爱，我答应下船前送给他。

可爱的泰迪熊，不但让企鹅们充满
了好奇的眼光，在白茫茫的雪景
中，更是旅者镜头猎取的对象。

瞬间画面，
可遇不可求

　　拍摄生态照片，多少依赖一些运气，例如到韩国拍巴鸭，在印度拍黑颈鹤，事前得知它们会在某一时间聚集山谷或河边，但经常令人望穿秋水，只能自认因缘不具，它们临时改变主意了。

　　成群栖息的企鹅不难取镜，但觅食归来一跃上岸的企鹅就太难拍了。首先要判断它从何处跳上岸；其次镜头要转得快，临场随时应变；再次要有足够的耐性，忍受寒风的吹袭，以及双脚冻得麻木。这些企鹅跃出水面的照片，是我与队友胡得榘

跃出水面的企鹅，显然比海豹来得灵活，
在海豹身边悠闲漫步还说得过去，公然面
对面地挑衅，就有点不知死活了。

在甲板上，苦守了八个小时的成果。

摄影取景通常有三个原则，一是选择了好的背景，静候心目中的主角出现，时间再久也无怨无悔。二是选定了好的主角，一路追踪到底，追到一个能衬托主角的背景，咔嚓一声猎取下来。三是眼观四路耳听八方，任何会移动的身影，或突然的声响都有可能带来惊喜。我们为了拍摄企鹅的瞬间画面，忍饥挨饿，可说是吃足了苦头，但在验收成果时，乍见一两张成功的作品，感觉一切的辛劳都值得了，那是一种难以描绘的满足感！

企鹅开心地跟我们打招呼，到底是谁对谁比较好奇呢？

想到前人比我苦百倍，
再苦都能受

旅游南极的旅程说明书，常出现不确定的用语"如果天气
允许、如果登陆条件许可、也许我们有机会上岸……"行程表
实际上只是参考用，时速 180 公里以上的暴风，可是说来就
来。大风雪时，眼前只有白茫茫一片，一艘船就像在空中飞
翔，什么都看不见。有时天气晴朗眼见将要登陆了，却又一阵
狂风挟飞雪，让人期望落空，只能一再体会世事的无常。

登陆是极难得的机会，视地形状况，我们搭乘直升机或橡
皮艇上岸，规定都要穿救生衣，以防万一不小心踩到松动的浮
冰，或不慎掉入冰缝中。登陆后，工作人员先上岸勘探地形，
插上红色的安全旗，我们在红旗范围内行走，万万不可靠近黑

经过一番登陆的跋涉，
我们又回到了船上。

旗，否则可能掉入冰缝、坠落冰海。

　　为了不惊吓企鹅，南极公约规定，直升机需在一定距离外降落，我们经常得在雪地中跋涉一个多小时。一片雪白的天与地间，我们穿着厚重的雪衣，背负着十几公斤重的相机镜头与脚架，行动已经很不方便。脚上再踢拖着一两公斤的高筒雪靴，大家小心翼翼地走在滑溜的硬冰面上，或在白色雪地中踩出一个个深深的脚印，那种艰难的移动画面，不单是举步维艰而已，简直就是步步危机。只要一个重心不稳就会滑倒摔伤，或陷入深深的雪堆中，队员中有人因此跌伤了腿。

　　当强风刮起时更是行走困难，不但会加速身体热量的流失，狂风所带来的风寒效应（wind chill），更让人刺骨难耐。若遇下雪时，雪花不是从天缓缓降落，而是被强劲的风吹得肆意飞舞。

登陆后，工作人员先上岸勘探地形、插安
全旗，我们在红旗范围内行走，万万不可
靠近黑旗，否则可能掉入冰缝坠落冰海。

　　雪白大地的反光，容易晒伤皮肤，甚至造成雪盲，让人眼睛红肿视力减退，对摄影也是一大挑战。因为带透气口罩，我的墨镜经常布满雾气，就连相机镜头也常受冻起雾，平添拍摄时的一些阻力。在低温环境里摄影，电池寿命也缩短许多，我得另外在口袋加装锂电池电源，以延长线来供应电力，有时为拍摄一个突发的画面，总是弄得手忙脚乱。

　　登陆固然难得，可是长时间停留在岸上，却也是另一种考验。有一回从澳洲经过罗斯海，船靠岸两个整天，加上南极夏天是永昼，我们有48小时可以自由活动，尽情欣赏企鹅、冰山等风光。虽有两三顶帐篷可供休憩，疲累时进去躺一下，但雪地冰冷难耐，躺着未必会舒服。因此帐篷只是聊备一格，乏人问津。

　　怀抱着被大自然洗礼的心，我四探南极，庆幸一一过关斩将，四趟旅程中，身体还不曾出现其他团员的种种状况。我想是因热爱南极这种强烈的动机，产生了不可思议的力量。为了摄影，我把自己准备在最佳状态，充分做好自我保护，让我勇敢面对南极的恶劣环境，并且能够奋力地按下快门，捕捉画面。把自己照顾好了，也才有余力帮助别人。有一次，在乔治亚岛雪地行军一个半小时，有位团员走不动了想丢掉三脚架，我便自告奋勇地帮他扛了回来。

一路上感受艰苦时，只要想起了探险英雄沙克尔顿（Shackleton），就不足以为苦。当年已有摄影技术，被抢救而留下的旧照片中，波涛汹涌的海浪全化成冰山，现代看来简陋的船只"坚忍号"，被南极冰海禁锢了两年，他们曾花133天长途跋涉2700多公里求生，弹尽粮绝之下，只得沿途猎食海豹、企鹅为生。两厢对比起来，衣物保暖、食物与装备齐全的我们，所承受的苦也就不足称道了。

谢克顿与属下同伴之间互助的情谊，和现代旅游突显了人性的弱点形成对比。有一回登陆雪丘岛，回程时有位外国女士跌倒了，当时我们另有三人同行，我与一团员见状赶紧去把她扶起来，查看伤势并分担背包，但另一团员自顾不暇，视若无睹，径自走回船去。

搭直升机登陆时，有人见我年纪稍长，把驾驶座旁视野佳的座位让给我，让我心生感恩。但也有人插队抢座位，旁若无人的行径，令我十分反感。而返回船上前等直升机时，可能遇上暴风，现场只有一两个帐篷可供躲避狂风，当直升机来时更有人争先恐后，也正是考验人性弱点的时刻。这每每让我想起攀登珠穆朗玛峰，有人为了救助危急的队友，放弃自己的荣耀；也有人为了登顶目标，不顾一切独自往上冲。我自己则有一次难得的助人体验。记得有一回吃早餐时，得知一位在电信局服务的女团员谢云，

雪地里搭了两个憩息的帐篷，让我们体验一下雪地露营的滋味，但风雪冻得人受不了，能待上一个小时已经是极限了。

因前晚登岛时在冰原上摔伤，整个脚肿起来，由于船上保健室只有止痛药，受伤处没得包扎或穿戴护膝。我不假思索就把所有的止痛、消炎药与护膝都送给她了，一时忘了自己六年前在美国大峡谷健行膝盖受伤，一直不良于行，或许还需要这些药物或护膝。

由于美国大峡谷横跨四个州，那次健行我们坐的是越野车，车开到定点之后，就放我们下到谷底健行，以便猎取各种不同的镜头。可能一时走过了头，谷底的寒气又重，回来之后饱受膝伤之苦，最后忍痛打类固醇入肌腱，治了六年还没治好。所以这次赴美之前，特别到詹宏勋骨科医院开止痛、消炎药，把护腰、护膝、护踝都准备好，等于全副武装。

当时得知谢小姐受伤，直觉就把这些装备全给了她。所幸，第二天她就能走下船了，否则所费不赀来一趟南极，岂不在船上憋死！事后，我的膝盖竟奇迹似的不再痛了，或许是服药六年多来已经接近复原，也或许是一颗助人之心，感动诸天善神，而让我痊愈了！

在雪丘岛上，我们为了瞻仰企鹅的栖息地，一睹企鹅的庐山真面目，不惜背着笨重的摄影器材，行走一个多小时。

遇上斜坡，我们登高赏景拍照，下坡时干脆坐下来滑行。
雪白大地的反光，容易晒伤皮肤，甚至造成雪盲，让人眼
睛红肿视力减退，对摄影也是个困难的因子。

风雪独处，
更能探索内心深处

　　旅游南极，待在船上的时间居多，在永昼中整天看着同样的海景，不知今日是何日。老天爷经常瞬间变脸，一时狂风骤起，在甲板上寸步难行，我只得以谦卑的姿态蹲下身，一步步匍匐移位前行，连眼睛都无法睁开，更谈不上照相了。

　　每当船上广播将进入暴风雨，总是长达十小时以上的漫长，大伙儿只得待在船舱里。必要时，我先服用晕船药，对抗整天整夜的摇晃。船身不停止地前倾后仰，有时左右45度地颠簸摇摆，有时上下起落，有时像地震般地震动，五脏六腑仿佛都要移位了，被波浪的拉力与地心引力不断抛上抛下，或左甩右甩。窗外疾风暴雨如鬼哭神嚎，让人心惊胆战。尽管身处铜墙铁壁内，可以想见滔天巨浪是如何的冲击着破冰船，心理所受的惊恐与威胁，前所未有。

　　尤其是从阿根廷往南极大陆，必得经过最让人胆战心惊的德瑞克海峡——地球上最宽、最深（约五六千米），也是风暴最大、海浪最汹涌的险恶之峡。整整两天两夜的考验，海流强烈，常遇七到九级的暴风，船头总是激起十米如海啸般的高浪，像是要被吞噬了。

　　对于晕船，我早有准备，也懂得用心法克服。在船上，我尽量充分休息，当船摇动厉害时，我静静躺在床上，大学同学陶行达送我的 Relief Band，利用通过微电流在手腕刺激皮下的神经，可以帮助小脑平衡，预防头晕、恶心。饮食方面，我只吃六分饱，少吃肉类、油脂，多吃蔬果，节制饮酒。暴风严重时，更减少饮食分量，以抵抗晕船。餐厅，最能反映团员的身体状况，每遇到暴风浪来袭，用餐人数就锐减，尤其吃早餐的人更是寥寥无几，能正常吃早餐的可都是勇士。

　　老天爷这般变幻莫测、喜怒无常，令人难以招架，但南极强劲又奇冷的风，以及船遇暴风的苦难，还真是亲身经历才真正体会到"风殛"的厉害（南极是地球上风最多最强的地区）。第四趟我邀请友人同游，可惜却出奇的风平浪静，友人反而若有所失，少了经验大风大浪的生命体悟。

乘船、登陆、摄影、返船休憩。旅游南极的日子，再简单不过。除了收发电邮与传真，算是与世隔绝。没有吸引人的声光，因风浪而没有食欲，人的欲望减到最低。在船上我话不多，像是闭关的状态，我喜欢独处一室，处在空朗清静的环境，思考许多人生的课题，人与人之间实在没有什么好争的。尽管有时因为广播天气预报与登陆状况，心绪有些起伏，时而兴奋、时而沮丧，但都能觉察自己的情绪，清楚自己内心的变化。

在南极海上的日子，我完全陶醉在此环境。安静地体验孤独，才能深层地感受，深层地思考，深层地净化。我很享受这种独处的滋味，离群索居，探索自己的内心深处。

陶醉在大自然的湖光山色之中，感受到庄子讲的“至人用心若镜”，内心空灵，才能深层思考，安静地体验孤独，享受独处的滋味。

海岸边的冰块被风雕琢，
宛如打太极拳的老者。

每个人都在南极
找到救赎

来南极旅游的人，多半是思想和价值观与众不同，才会踏上这种艰难的旅途，来挑战体力与意志力的极限。每趟南极之旅的团员中，总是卧虎藏龙，有不少来自各国的生态学者或地质专家，以及专业的生态摄影家，拍摄的作品让人惊叹！

大部分来南极的旅者，多半是跑遍了五大洲，或想换个新奇的旅程。像是来自台湾的小学退休老师，以旅游一百个国家为目标，南极算是他第九十一个"国家"。最奇特的是位中医师，专为吸收磁场能量而来，带电饭锅跟米煮食自己需要的养生食物，不热衷登陆、看企鹅，常留在船上打坐修炼，就算登陆看企鹅时，也在一旁闭目养神。

能参与南极旅行的人，多半经济条件不错，但有个不到四十岁的日本企鹅迷是例外。他不过是个普通小职员，却已四度游南极，平日省吃俭用，每18个月倾所有积蓄，辞了工作，只为了看企鹅，回去又得重新找工作。有趣的是他长得颇像企鹅，大家都称他"企鹅先生"，猜想他的前世可能曾为企鹅，或和企鹅特别有缘。或许，有人会认为企鹅先生傻得执着，但他对梦想的热忱，与对世俗的潇洒，是我们一般人做不到的。

有位退休女老师和先生恋爱多年而结婚，多年来协助他在事业上打出一片天，功成名就之后，先生竟开始外遇。她为儿女隐忍维持这段婚姻，几度想轻生，却又觉得不值，于是独自

眼见一望无际的雪白大地，脑中一片空白，极境确实可以洗涤心灵。

来南极散心，疗愈心底的创伤。相信她经过南极的洗涤，回台湾后能活出自己，开始新的人生。衷心祝福她。

对比之下，另有个命运截然不同的女人，是为了圆丈夫生前的梦想而来。这对恩爱夫妻共同打拼事业，事业有成后喜欢结伴旅游，游遍五大洲，夫妻梦想再两年退休后要一同游南极。没想到先生因工作积劳成疾，罹患肝癌先走一步。太太在爱夫忌日时，带着他的照片来到南极，向着西方念着"我已经替你来到南极，相信你在西方极乐世界也看到了……"以告慰热爱旅行的先生。

在南极有缘认识不同领域、不同类型的人，每人都有其长处，三人行，必有我师。尽管在船上我多半是自得其乐，但能找到一两位有缘的人促膝长谈，是人生一大乐事。

我和朋友聊天，常喜欢问对方一个问题："这世间是乐多？还是苦多？"平常大多数人的回答都是苦多乐少。但在船上认识的朋友，几乎口径一致都说"乐多于苦"，和这些乐观的人相处，可以受到不少正面的价值观的影响。或许正因他们性格阳光开朗，人生态度积极，以致身心健康，事业有成。

佛说人生有八苦，生老病死之外，还有求不得、怨憎会、爱别离。但苦恼的根源是因为执着"有我"。因为强烈的我执，自我意识太强，才会为求不得而苦，被外境所影响，被感情所困扰，而导致人际关系不好。但这些个性阳光的朋友，他们有些是白手起家，在生命的旅途上坎坷起伏，颠簸不平。回过头来看这些苦难，反而令他们激发向上提升的动力，化困境为逆增上缘，有如修行的"转识成智"，常有脱胎换骨的神效。让我想起《心经》："照见五蕴皆空，度一切苦厄。"他们以正知、正见看待问题，明白人我无间，俱有同化力、亲和力，当然就能度一切苦厄了。大石挡路，你可能被它绊倒，你也可以把它当垫脚石，站在上面远眺啊！人的成功与失败，关键在于如何化逆境为资源，上上增进。

生命的意义何在？人生的价值若何？一直是我思维的核心。美国心理医师曾写过前世今生的畅销书，借由催眠回溯前一世，或者与濒死经验者访谈，来阐述轮回的现象。他所得到的结论有一共同点，就是此生的目的是为了学习和爱，我深表同感。最近年代电视台主播高文音，在访问和信医院的黄达夫院长时，希望他用最简单的几句话，来阐述健康的秘诀，他说："爱就是健康的秘诀！"因为在助人的前提之下，自己一定要保持健康，所以转个弯，心中有爱，以爱心帮助别人，就是健康的秘诀了。

枢机主教单国玺则说："存大爱做小事！"真是一语道尽生命的真谛！

佛教常说"悲智双运"，悲是广泛的利他，智是洞彻的正见。经典上常有"五度如盲，般若作眼"之说，可见般若智慧的重要。慈悲若无智慧，会形成慈悲魔。禅定若少智慧，也会走火入魔。悲到了极致自然生出智慧，理追究到极致可能就大彻大悟了。

冰雪大地，
一点一滴在消融

南极，荡涤了心灵的尘垢。这几趟摄影之行，是我的修行之旅，从拍摄世界的种种，我洞察了许多生命的瞬间。期望借由自己的第三只眼——相机，分享南极之美。让无法去南极的人们，也如同身历南极绝美之境，目睹地球原始的美好，体验到大自然可敬可畏的力量。

蓝色大海、壮阔冰山、可爱企鹅群……一幕幕影像不断浮现脑海。那些我曾经走过的雪白大地，也正一点一滴地在消融，不禁慨叹人类怎能如此傲慢！自以为是地不珍惜资源、破坏山川大地？倘若有一天，地球暖化使得南极的冰全部融化，我们的世界将变成什么样子呢？

2002年1月，当我一探南极半岛归来不久，便听闻报道：南极半岛东岸的拉森冰棚（Larsen B）正开始崩解，35天内3250平方公里、平均厚度200米的冰棚，已碎裂成数千个漂浮的冰山。

2003 年 12 月，当我二探南极罗斯海域，出发前的一个月，闻知世界最大的冰山 B15（面积 11000 平方公里）破裂为二。当我亲临罗斯海，目睹分裂后的冰山，深深感叹人类无知于自己的渺小。

2006 年 10 月，当我三探南极半岛时，当年东部南极冰原尚未受全球暖化影响。怎能想见从 2006 年至今的四年，东部南极冰盖正以每年 570 亿吨的速度消失。而从南极洲冰盖分裂出来的一百多块巨大浮冰，正慢慢漂往新西兰，其中一座长达两公里。

2008 年 11 月，当我四探南极半岛与附近小岛的那一年，面积 160 平方英里、存在约一千五百年的威尔金斯冰棚（Wilkins Ice Shelf），随着充满水的裂缝越来越大，突然破裂坍塌。

温室效应加速了南极冰层的融化。根据政府间气候变迁问题小组（IPCC）评估，过去一百年来海平面已上升 10~20 厘米。预测到了 2100 年，海平面将会上升 15~95 厘米，低洼地区和岛屿将被淹没。有"世界的尽头"之称的美丽岛国——基里巴斯，已经有两个小岛淹没在大浪之下。不久的将来，岛屿国家马绍尔群岛、珊瑚礁国家吉里吉斯与吐瓦鲁等、众所熟知的马尔代夫，以及临海的诸多城市，也将面临被淹没的灾难。

台湾近年来，也在变化无常的气候之下，饱受地震、水灾与泥石流袭击，包括 1999 年的九二一大地震、2001 年的桃芝台风，尤其 2009 年莫拉克台风所造成的八八水灾，甚至创下单日降雨量的百年新高，酿成重大伤亡，影响层面远甚十年前的九二一地震。

我常问自己，能为这片美好的大地做些什么呢？人类唯有谦卑地尊敬自然，爱护自然，才能永续生存在这个美丽的地球上。期望有人能因我带回的影像而感动，和这白茫茫一片静好的大地，产生心灵的对话；和我一同神游南极，进而心领神会，亲身"去到"南极荒野，因而领悟到：作为地球村的子民，我们一定要爱护地球，才能永续生存在地球上。

南极教我的事：
冰天雪地中，人性一览无遗

　　满眼都是晶莹的白雪，让心灵格外纯净。我很想真诚地做好每一件事，珍惜每一段与自己擦身而过的因缘，用知足感恩的心，用热情幽默的方式，与天地万物为友。时光稍纵即逝，过了今天，谁也不知道是否还有明天。

　　人生虽然苦多于乐，但凡有爱穿梭其间，就会显现出超然的生命力。《圣经》上说："爱是恒久忍耐，又有恩慈，爱是不嫉妒，爱是不自夸，不张狂，不做害羞的事。不求自己的益处，不轻易发怒，不计算人的恶，不喜欢不义，只喜欢真理。凡事包容，凡事相信，凡事盼望，凡事忍耐。爱是永不止息。"想到那位为丈夫圆梦的女人，以及内人因动过心脏手术，无法随我同行，让我在南极归来的行囊中，不觉地装满了这样的爱。

　　佛教主张"无缘大慈，同体大悲"，对众生的烦恼痛苦，即使素不相识，都会无条件地同情，看到别人跌倒受伤，会有感同身受的伤痛。这在平常时日很难做到，甚至于要体会到都很难。然而冰天雪地的南极，仿佛有一种无形的能力，揭去人们虚假的外衣，让我赤裸裸地感受所见所闻。于是见到陌生的旅客，涌出如家人般的亲切，见到嗷嗷待哺的小企鹅，以及落单的企鹅被海鸟攻击，都不由得心生悲悯。

　　圣严法师曾说："生命的价值要看我们怎么使用，生命只要被使用，就会有价值。"我想，如果能进一步积极奉献，自立利人，活在责任义务中，生命的附加价值就能一翻再翻。极地摄影扩展了我的视野，软化了我的心，让我想与有缘人分享：从不同的角度，欣赏极境的美丽与哀愁。

北极——世界的顶点

世间事如极光，梦幻生灭 North Pole

我，疑似得了『极地长征症候群』？南极一梦圆成，我再许一梦，破冰远征来到北极。凝视北极熊白色的、身影，倒影在晶蓝色的浮冰上；放眼夜空中幽幽渺渺的极光，梦幻的生灭；细数苔原上的小生命，坚韧地成长……当我来到北极正90度，站在地球的最顶点，心境却是如此宁静与和平。

在地球顶点，
北极正 90 度，见证奇迹

地球上有三个地方一直是摄影者的向往：北极、南极、中极（西藏）。初探南极时，纯净的大地深深震撼了我，让我种下了极地相思的种子，曾先后四度探访南极之外，我同时也四度前往梦想中的北极，最长为期 17 天。

北极的夏天，海风吹来总是冷冽刺人，核动力破冰船航行在北极海，船头与银白色冰层奋战，发出吱吱嘎嘎的响动。眼前的风景，就像南极一般，阔达的蓝天，寂静的荒冰，好一幅

北极冰海一片平坦，海中没有巨大的冰山，风景迥异于南极。破冰船抵达北极正90度。核动力船本身就是一个巨大的危险物，俄罗斯现在经济萧条、军费大幅减缩，这艘1992年建造、每年两度航行的核动力破冰船，是否定期做安全检测？实在让人担心。

壮美而苍凉的大写意。和南极大陆不同的是，浩瀚的北极冰原之下，并没有一块陆地，全是冻结的冰层；而冰原上北极熊孤独的身影，取代了南极企鹅群聚的壮观。

南极之行，常因经过风浪较大的海域而饱受晕船之苦，且海上高耸、多变的冰山景观让人心生敬畏。登陆后，雪地上更是起伏难行，有时需长途跋涉一个小时以上。相形之下，被冰雪大范围覆盖的北极海，不仅风浪较小，视觉上，整个环境也比较平缓和谐。

北极，予人一股和平而宁静的感觉。尤其，当置身在北极正90度，地球的最顶点，一处平坦冰冷的白茫茫大地上，一场和平的"奇迹"发生了！

还记得2006年夏天，我第二趟探访北极。从俄罗斯北方巴伦支海（Barents

Sea）的摩尔曼斯克（Murmansk）启程，乘核动力船 YAMAL 号向北长征，穿越北极海，笔直航向地球之顶——正北 90 度。

破冰船停止前进时，大家群起欢呼，我们到了！这里就是地球之顶了！经由卫星定位，找到地球正北 90 度极点的位置，我站在刚插上的"NORTH POLE 90°N"立牌旁，头顶上飘扬着团员 15 个国家和地区的国旗，仿佛登高山攻顶成功，大家都兴奋激昂。来自各国的七八十个团员陆续下船，齐聚于地球之顶。在音乐悠扬的庆祝氛围中，大家手拉着手，白色大地上顿时多了一个彩色的大圆圈。此刻，每个人的心头上，恰似有一根拉紧的琴弦，一股强大的凝聚力，默默地感动着彼此。

可是，庆祝的仪式一直没有开始。

广播宣布说："请等一等，有一对特别的夫妇……"一会儿，四位船员用担架抬来一位老先生，原来是那位来自美国八十多岁高龄的史密斯老先生，因中风不良于行。而他的胖太太琳达也小心翼翼地走在冰滑的雪地上，一步步蹒跚而来。这幅动人的画面，让大家的心更加温热了。

史密斯被抬进我们的圆圈里，在左右各一人搀扶下，双臂被架而站起身，他坚持，就算拄着拐杖，也要加入我们的圆，真正地站在地球之顶上。当乐声奏起时，奇迹出现了！他竟不需要旁人搀扶，光靠左右两边手牵手的力量，就能自己站立，并和大家一块儿左右跨步！所有的人都被他的意志力感动，在他周围的人激动得大喊"哈利路亚！"其他人也纷纷报以赞叹和鼓励的眼光。我一直相信这世界上是有奇迹的，个人强烈的信念，和众人因爱而发出的强大愿力，有时会产生不可思议的力量！在这地球的顶点，我真实地见证了奇迹发生！

大家手牵着手，跟着探险队长的口令："向左走两步，脚下是加拿大"，"再向右走几步，脚下是格陵兰"，"再稍稍移动一点，脚下是冰岛"，"再走几步是俄罗斯的领地"……我们好

工作人员利用卫星定位，找到地球正北90度极点的位置，插上"NORTH POLE 90° N"的立牌。在头顶挂上15个国家和地区的国旗，并准备餐点布置户外宴会。

　　像是一群卡通小矮人，踩在巨大的地球仪上，向左走，向右走，百步之内就把东经180度和西经180度走遍了。

　　这一个大圆里，来自地球上不同角落的团员们，手牵手环绕着世界之顶。对我们这些大多半百以上的"老顽童"而言，这一个圆，仿佛重温了纯真的童趣。再从世事沧桑的角度来看，这一个圆，正象征人类永恒的追求——和平。

　　其后又一日，我们的船意外遇见一艘柴油动力船，两船相逢在夏季朗朗白昼的北极海上，彼此一番激动，大肆鸣笛，双双来个喧嚣的招呼。两船上的人，既不能行握手拥抱之礼，只得满腔热血呼叫、挥手、吹口哨。"久违了，人类同胞！"尽管不是他乡遇故知，甚至，彼此看不清面目，但在这静默的冰天雪地中，彼此以豪放的方式展现的温情，显得格外温暖。两船相迎又相送，仿佛上演徐志摩的《偶然》：

"你我相逢在黑夜的海上，你有你的，我有我的，方向。你记得也好，最好你忘掉，在这交会时互放的光亮。"

人与人之间的信任，
是和平的开始

破冰船冲破冰层，航行冰海上。

我们快要接近北极正90度时，大家
举行派对狂欢，预热气氛。

我与加拿大籍探险家Lisa在极地巧遇，两人戴
着相同的北极熊绒帽，颇有惺惺相惜之感。

远方出现会移动的黑点，从望远镜看去，竟是一艘潜水艇。旁边橘色的痕迹，是潜艇刚发射的信号弹。（上）
搭乘直升机赏景或登陆，是大家最兴奋的事。有时是为欣赏破冰船破冰而行的实景，有时是为俯瞰佛兰斯约瑟地群岛，有时是登陆小岛参观废弃的气象站。

在抵达北极正90度的前一天（2006年7月20日），有段小插曲：当航程已迫近地球顶点时，大家准备在甲板上举行狂欢宴会，将要通宵达旦地庆祝，点燃"接近目标"的兴奋之情。下午，探险队长Laurie Dexter临时广播，说要增加一个余兴节目："空中狩猎"（寻找目标），让大家分批搭直升机在空中巡弋。队长面露神秘地说："看看我们能拍到什么？"

直到晚上的餐宴，只有两个人举手，都说看见了潜水艇！队长Laurie Dexter这才宣布谜底。原来，俄罗斯籍的船长Alexander Lembrik透过望远镜早已经发现那艘船，曾向俄罗斯国防部询问，确定附近海域并无俄罗斯潜水艇巡航，猜想应是美国的核动力潜水艇，航行到了北极海公海。为表示友善，队长曾向他们做自我介绍，说明我们的来历与目的，试图与对方通话，对方却诡异地响应："我们已跟踪你们两天了！"故弄玄虚。我们的队长也颇有大将之风，轻松大方地表示，我们船上正要举行宴会，有醇酒和美女，邀请对方来船上同乐，但他们始终不予理会，潜艇也跟着潜入海中。

登陆小岛，岛上俄罗斯的气象站都已废弃，只有两三个卫兵
驻守，可以想见昔日世界之强的帝国，现已风光不再。

　　这位足智多谋的队长心血来潮，临时起意，安排直升机进行"空中狩猎"的活
动，等到对方发射信号弹警告，队长可能感觉事态严重，才停止直升机盘旋活动。

　　在公海海域上，两船相会应彼此自报身份，作为基础的沟通。若这艘潜水艇真
的是美国核潜，在公海海域巡航，可能是为了避免刺激俄罗斯，不想让俄罗斯有
受到威胁之感，因此不肯暴露身份吧！解除紧张之后，我们才在舰桥上热闹地办

起狂欢宴。

　　另外，在这趟旅程中，我们曾搭直升机登陆俄属领地的三个小岛。途中常见废弃的气象站，木屋残破，人去屋空，只留两名卫兵站岗。可以想见苏联解体后经济萧条，俄罗斯已无力维持偏远的气象站。教人不禁感叹昔日世界最强的"老大哥"，曾以强权凌驾附庸国，如今帝国解体风光不再。美国这自以为是的国际纠察，就像眼前的潜艇闯入俄罗斯后门，气焰嚣张。大国对峙的时代已经过去，尽管两国间表面上谈和平、减核弹，但彼此之间仍互不信任，缺乏互信的基础，和平协议只是形式上。

极光如梦幻泡影，
是刹那也是永恒

　　南北极之旅，大都是在夏季永昼期探访，太阳不落入地平线之下，在 24 小时明亮的白昼中，无法看见极光。唯有第二趟的北极之旅，于深秋 10 月北上加拿大的北极圈，才有机会一睹极光之美。

　　那年，我参加了世界旅游摄影会的北国之旅，先往魁北克饱览满山满谷枫红的壮美，再赴多伦多接受尼加拉瓜飞瀑的洗礼。枫红饱满缤纷的色彩，对比北极蓝与白的纯粹；瀑布澎湃汹涌的动感，对比北极海与冰的宁静，仿佛是北出极关前，一

缕对人间的流连和净化。

挥一挥衣袖，随即远征北极，降落在加拿大最北端的海港小镇丘吉尔市
（Churchill），期待入夜后与极光的第一次约会。从晚上九点半到夜里十二点半最
有机会欣赏极光，那一夜 −20℃，晴空万里星星满天，尽管身体已感疲惫，在凛冽
寒风中，我依然架起了三脚架和相机守候着，直到夜里十一点半才看到天际一线幽
微魅光，正兴奋地准备要拍了，它却俏皮地消失无踪，隔一会儿又游丝一亮，逗弄
着我们这些南国来的仰慕者。

几番飘忽不定，幽幽渺渺，逗得人心痒难耐。受不了寒冻的团员，纷纷收起装
备回客栈，只剩我和领队吴文钦独守夜空。宁静中，月亮在地平线上移动，感觉如
此的亲近，我与明月相对互视，像是巧遇天涯知己。约莫凌晨一点半，前方建筑物
上飘出一缕光丝，扩散，再扩散，夜的苍穹逐渐染满了绿色，极光终于不负我们的
痴等，悠悠婉婉地出现了！

我们两人突然心脏狂跳，我更是激动得连手电筒也找不着了，不小心快门线又
掉落下来，一阵手忙脚乱，极光见此光景恐怕也在偷笑了。折腾一番后终于镇定下
来，捕捉极光无垠的风采，极光也毫不吝啬，膨胀到连广角镜都收纳不了。

极光，像夜空飞舞一缕霓裳羽衣，又像仙女轻挥彩带，半透明如纱的青光自在
起舞，轻盈曼妙，难怪爱斯基摩人认为，极光是天空中的圣灵之舞。真无法想象，
这来自地球之外的讯息，是太阳风无数的带电粒子流，与地球磁层强烈地冲撞，所
产生的绚丽景致。在这当下，突然可以领会物理学家频频称啧的物理之美了。

世间一切事物就像极光般，梦幻生灭，变化无常；心念，也是如此的生灭、无
常。回顾自己的一生，从小到大历经的种种变迁，过去的种种如今又如何？全如一
场梦幻极光，刹那生灭。

回想拍摄极光时，我们整夜专注夜空的变化，却忽略了身旁致命的威胁——北
极熊！当时已是午夜 1 点，我们并没有任何防范的措施，如果遇到北极熊，必然陷
入险境。事后回想，令人心有余悸。据说每月约有十只北极熊，闯入镇上觅食。为
了居民安全，当地居民在镇外设立数座诱捕北极熊的大圆桶，里面放了一些肉，一
旦北极熊进去觅食，桶口的栅栏会自动落下，将北极熊关在里面。这些完成诱捕的

青光幽幽洒下，忽暗又忽明，时而集中，时而淡散，色调有时冷艳，有时火热。极光的美，是如此飘忽清灵，恍如幻影。数千年来与极光为伴的印第安人和爱斯基摩人，把极光视作灵魂返回天国之路引。

圆桶，则由拖车载到郊外的收容所，号称"北极熊监狱"，隔天打过麻醉剂后，再以直升机网吊的方式，送到几十公里外易于觅食的地区野放。为了安全起见，在夜里拍摄极光，应携带枪支或军用镭射光笔、哨子用来吓阻北极熊。

啊！北极熊，一天巧遇七只

"啊！北极熊！"铁甲车上一阵惊呼，接下来是好几双脚在车上快速移动，忽左忽右地抢拍精彩镜头。

2003 年 10 月，初访北极圈，一只步履蹒跚的北极熊，在丘吉尔小镇附近的海埔地闲晃，这是我第一次亲眼目睹北极熊。我们乘铁甲车往极地边缘寻觅，倚着铁甲车上的小窗，近距离拍摄北极熊，欣赏冻土风光与植被生态。北极熊本性并不喜欢接近人，但近半个世纪以来因观光频繁，小镇一带的北极熊早已熟悉人的气味，因而减少了对人类的敌意，让我们可以乘车近距离拍摄。

三天来出入冻原，只看到五只北极熊。我看着已经饿了三四个月的北极熊，楚楚可怜地盼望着温饱，在这个毫无指望的荒凉冻土上，只靠身上储存的脂肪过活，一只只显得消瘦，无精打采，或在地上嗅闻动物气味找食物，或向着我们张望。

有一回，遇见北极熊母子，我们尽情地欣赏它们嬉闹、打

滚、亲舔，许多温馨的画面。另一次，遇见北极熊身旁跟着一只迷你的"小跟班"，定睛细看，原来是只北极狐，紧紧尾随着北极熊，期望能分一杯羹，捡拾吃剩的食物。这些可怜的北极熊饥肠辘辘，亟须坚冰作为平台才能捕食海豹，我想或许只能等待11月吧！等待哈德逊湾的海岸结冰，等待海豹群——回到岸边，北极熊才能顺利猎取并储藏食物，直到足以过冬。

第二三趟游北极，则多半是在船上与北极熊相遇。一天，往北极正90度的路上，船上广播："左前方10点钟的方向有北极熊。"众所期待的明星终于出现了，大家兴奋地拿着相机奔向甲板。为避免惊吓到北极熊，船长停船并关闭引擎。船长根据经验法则告诉我们，有几只好奇的熊，会主动朝着船走过

搭乘铁甲车寻找北极熊。铁甲车是军用铲土机改装而成，轮胎两米高，车身重量平均分布，轮胎的低压只比人的脚步略重。它可驶上冻原而不刮伤冻原，因为一旦冻原土受伤，需要好几年才能恢复。

来。果然，它们翻动厚重的脚掌，在冰上敏捷而稳重地迈步，让我们这一团摄影饕客更加欣喜若狂，"咔嚓！咔嚓！"的快门声，响爆在耳际。那一天，我们总共看见了七只熊！幸运的七只！走过这条航线17次的船长，兴奋地恭喜我们："Lucky seven！太幸运了，一天之内看到七只，这是少有的经验。"据他说有几次航行北极，一只熊也看不到！

我们在船上尽情地欣赏海冰上的北极熊，它们浑然不知自己是最上镜头的模特儿。有时北极熊就在船脚下张望我们，或是站起身来嗅闻，不知它是对人类与大船产生好奇？或是为了寻找船上的食物气味？

北极熊通常喜欢独来独往，但有一回，我们巧遇上两只熊。冰层上，一只母熊慢慢地走近公熊，见它们彼此嗅闻一番，大概是繁殖期（春季）已过，两只熊不来电，只好又分道扬镳。也有一回，看见两只饥饿的北极熊，遇上一只体重是其三倍的海象。只见这两只陆地上最庞大的肉食动物，围在海象身边不断移动脚步、叫

器，看似很有可能瞬间就扑过去，但是眼看着海象没有动静，两只北极熊也不敢大意，持续寻找最佳的进攻机会，努力稳住步伐，但或许畏惧海象的一对利牙，北极熊最后打了退堂鼓。

第三趟游北极，目的是探访北极熊数量最多的斯瓦尔巴特（Svalbard）群岛的斯匹兹卑尔根（Spitsbergen）峡湾，无奈事与愿违，竟然只遇上寥寥的两三只北极熊。或许熊在这个季节都往北迁了？探险队长——法国籍的生物学家Delphine说，北极熊夏天仰赖岸边的海冰，在其中寻找休憩或挖洞产子的海豹，或是寻找海豹的呼吸洞，守株待兔地猎捕浮出海面呼吸的海豹。但如今北极熊觅食之地越来越少，因为绝大部分的海冰都太薄，根本不足以支撑北极熊的体重。

我想起在破冰船上欣赏的那几只北极熊，见它们一步步走在薄冰上，它们恐怕

双方凝神对峙，大战一触即发，我们的
心跳加快，准备对焦按快门，结果……

还不知道，地球像火炉一样，温度越飘越高，北极冰层不断剥落，海冰变得单薄又脆弱，它们终将无家可归地在海里载浮载沉。位居食物链最高层的北极熊更不知道，生活在这片纯净无瑕的北极冰原，身体内竟已遭有毒化学物质污染，生殖和免疫系统均受到伤害。这些有毒化学物质以多氯联苯和杀虫剂所占比例最多，然而，最讽刺的是，这些污染物质的排放地点，都是在距离北极圈相当遥远的地方。

北极熊猎捕动物时，成功的机会只有十分之一。觅食困难、存活率低，加上地球暖化，北极熊比南极的企鹅生存更加艰难。过去北极圈长年冰层多达90%，如今却只剩下19%，一年年变薄、变少的海冰，让夏天的北极熊无法在岸边捕食海豹，一年之中能猎捕的时间变短，食物不够填饱肚子，体内脂肪仅够勉强生存，根本不够它们繁殖下一代。尽管在食物短缺的时期，物种保育人员为了保存稀有物种，会在北极熊活动区域附近猎杀海豹，让北极熊自己找到死海豹充饥，但，仍无济于事。2009 年，哈德逊湾沿岸比历年迟了几个星期才结冰，饥饿的公熊竟转而残杀小熊或是同类来填饱肚子，同年已知的事件多达七件以上。并且，有证据显示公熊吃小熊纯粹是为了当作食物，而非为了与母熊交配繁殖。甚至有些地方，北极熊闯进人类居住的地方，在翻垃圾找寻食物时，却惨遭打死。

科学家悲观地预测，随着气候变迁速度加快，在 2013 至 2030 年，北极夏天的冰层将完全融化，海平面不断上升，再不想办法解决，很快北极熊将在我们的眼前消失。倍受威胁的不只有北极熊，人类若无法与万物和平共处，也将面临困境。然而，仍有许多人对危机视而不见，反而以不同的角度关注北极冰融后的利益，早已有不少国家积极争取冰融后西北航道的便利，届时轮船从伦敦驶往东京，可以节省八千多公里的航程，更有国家早已汲汲营营筹划北极石油的开采。

美国地质调查局估计，北极海蕴藏全世界四分之一的石油和天然气资源，一旦冰海融化，西北航道打开，海底资源暴露，将有三分之二的北极熊灭绝，其余的三分之一，可能在 75 年内从地球上消失。

自 2007 年开始，北极冰海周围的国家，陆续有较大的动作，8 月初俄罗斯以潜艇登陆插旗宣示主权，加拿大随后提出建造陆军训练中心以及深水港的计划，重申对北极海水域的管辖权。丹麦和挪威也相继自称其主权，面对北极海逐渐融化的现象，正考验着邻近国家协商处理的智慧。

与棕熊狭路相逢，
惊险的一刻

　　另一趟与熊相遇的经验，是在 2008 年 7 月，我们来到阿拉斯加的卡特迈国家公园（Katmai National Park），阿拉斯加是在 1867 年由俄国以 720 万美元的低价卖给美国的，当初还被舆论指责是买了一座无用的大冰箱，后来才发现这里有丰沛的自然资源。这次我们为了拍摄棕熊捕捉鲑鱼的画面而来，这里也正是国家地理频道拍摄棕熊的地点。我们夜宿在国家公园内唯一的小木屋，与棕熊沉浸在同一片美好的大自然里。

　　卡特迈国家公园是阿拉斯加最偏远的国家公园之一，有著名的火山风光万烟谷（The Valley of 10000 Smokes）和特有的棕熊保护区，保护区内约有两千只左右的棕熊。布鲁克斯河（Brooks River）每年到了鲑鱼的产卵期，都有大量的鲑鱼逆流而上，而布鲁克斯瀑布（Brooks Falls），是观察棕熊最佳位置，在这里，我们以最安全的距离期待着棕熊捕捉鲑鱼。

　　每年 7 月到 9 月，棕熊们就在瀑布下守候逆流而上的鲑鱼，想趁着冬眠之前饱餐一顿。但是这一天，不知是我们运气不好，还是气候环境的改变太大，偌大的河床上，我们陪着棕熊苦苦等候 3 小时，只见到一两只鲑鱼在熊的脚边现身。最后，棕熊竟然没有任何收获，垂头丧气地转往别处觅食，我们跟着棕熊也感到无力。

　　在国家公园里，棕熊的踪影并非寥寥无几。一天，队友沈文裕（资深摄影家）一打开小木屋的门，就与棕熊来个大照

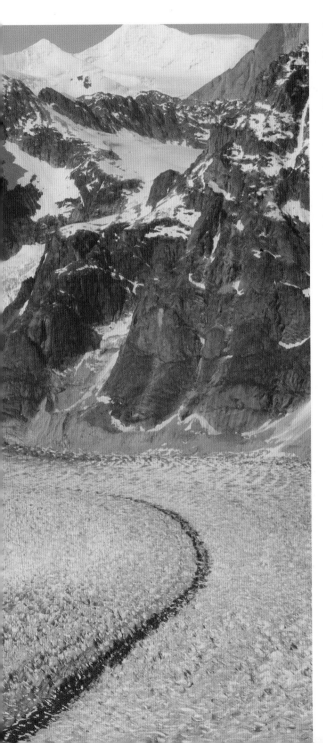

面，他吓得大叫一声，赶紧"砰"地一声用力把门甩上，棕熊也被关门声吓了一大跳，马上落荒而逃。数据显示，熊随机攻击人的事件非常罕见，但是，解说员仍然对我们再三交代：如果在户外与棕熊不期而遇，一定要用眼睛直视它，然后慢慢后退，让出路来给棕熊走，万一遇到更惊险的情形——被熊攻击，装死也可能奏效。

在国家公园里，我们刚好与棕熊狭路相逢，一只母熊带着两只小熊出现在森林里的石子路上，这真是个惊险的场面，因为母熊为了保护小熊而攻击人的事件时有耳闻。而更危急的情况是，当时竟有另外一团的团员，为了拍摄棕熊而不顾自身安危，采取近身拍摄的姿态。三只棕熊被我们和对面的团员包围，开始不知所措地张望起来，带领的解说员见状，赶紧要我们这边先撤退，以免发生熊攻击人的意外。2010 年 7 月 28 日在美国黄石公园就曾有露营的游客被熊攻击，发生一死两伤的悲剧。其中幸存的佛瑞里（Deb Freele）就是"装死"才逃过一劫。当时在帐篷里，他的

在布鲁克斯瀑布下，耐心等待鲑鱼的棕熊。

在国家公园里，人与棕熊狭路相逢。这真是个惊险画
面，母熊带小熊时，母熊为保护孩子常会攻击人。

手臂被熊咬着，感觉快被熊咬断了，但他想起了装死的常识，于是忍着剧痛演出装死剧目，熊才慢慢松开紧咬着手臂的上颚，他才度过了这 40 秒的生死关头。著名的日籍生态摄影师星野道夫，就没有那么幸运了。他于 1996 年在勘察加半岛露营时，遭到棕熊的攻击而罹难。

虽然还是有熊咬人的血淋淋事件发生，但解说员告诉我们，过去二十年来，保护区内只发生过一次人被熊攻击的记录。尽管如此，游客也一定要遵守规定，例如，食物一定要包裹妥善，吃东西务必在规定的地方，不要因食物的味道而把熊吸引到人类活动的区域，以保护自己的安全；若在野外遇见棕熊，也一定要处变不惊，沉着应战。

阿拉斯加之旅，让我有机会乘坐飞机，从空中俯瞰北美第一高峰麦金利山脉（Mt.Mckinley），感受高山磅礴巍峨的自然魅力。飞机降落在历经千万年挤压形成的冰河大地，冰川之美壮观无比，我拿出旅行必备的泰迪熊拍照留念，一同感受这难得的景致。

与野生动物长时间相处，
将改变对生活远景的观点

北极海一片荒冰，景色与生态都很单调。最精彩的莫过于北纬 80 度一带，多变的环境孕育了丰富的生态。

世界最北的陆地史瓦巴特群岛，也是世界最北的殖民地，隶属于挪威，总人口只有两千多人。北纬 78.3 度的首府朗伊尔城（Longyearbyen），位于斯匹次卑根峡湾边，冷清得只有一条

街。附近的房子漆着红、橙、翠绿、海蓝，整齐排成一列，鲜艳的色彩温暖了冰荒野地的单调，远远望去，像是绘本中的童话小屋，令人莞尔。

史瓦巴特群岛一带，是北极熊出没最频繁的地区，我们乘着小艇，继续跟随法国籍探险领队 Delphine 沿着 Krosfjorden 峡湾航行，追寻熊迹。虽然此趟只看见寥寥几只熊，但北国丰富的动植物生态令人惊叹。小艇随着海浪的旋律飘摇，我们顺势欣赏着壮丽的摩纳哥冰河（Monaco Glacier），海面平静如镜，倒映着蔚蓝的天空，感觉有如幻影，却又真实存在。三趾鸥（Black-legged Kittiwake）悠游波光水影间，队员衣着的鲜艳色彩倒影如水舞，装点着这片宁静的世界。宁静中，偶尔传来一阵冰块的迸裂声，紧接着，是哗啦啦水花四溅的声音。

每天搭乘小艇巡游，都有意想不到的惊喜，各种鸟儿从头顶的天空飞过，与我们一同遨游冰海，海象慵懒地享受着日光浴，偶尔还可看见北极熊在小岛上漫步。

最让人惊艳的是一座海鸠（Guillemot）栖息的"摩天城堡"，我仰望着 60 万对

探险队长从血腥的画面上推断，如果我们提早一个
小时抵达此处，有可能遇到幼熊被啖食的场景。

苔原之岛漫步，探险队长为大家解说生态和地
貌。左下角戴着白帽的工作人员荷枪实弹地保护
着团员，因为北极熊随时可能出现。

60万对海鸠栖息的"摩天城堡"，高耸崖壁中的岩缝塞满了鸟。当它站在
浮冰上时很像企鹅，虽不擅长飞行，但却是潜水健将，最深可潜至100米。

忘情拍照的我，因为靠近正在孵育
幼雏的一窝鸟，险遭母鸟攻击。

海鸠，塞满了高耸崖壁中的岩缝，吱吱嘎嘎的鸣叫声，震天回响。据说，海鸠的蛋是为了顺应特殊地形，逐渐自我演化成梨形，才不易因滚动而落海，完美的演化为繁衍后代保存了一线生机，却防范不了山崖的另一面，可能会有北极狐悄悄地来偷蛋。低下头来，只见北极鸥（Glaucous Gull）正在崖底享用美食，想必它是趁小海鸠从岩壁飞落时，迅速劫持。

我们登陆安多雅（Andoya）苔原之岛漫步，探险队长一路为大家解说地貌及生态。大家亦步亦趋地跟进，队伍前后各有一人荷枪实弹加以保护，可千万不能自由行动，因为北极熊随时可能出现！我们踩在永冻的土地上，灿烂的阳光已褪去了地

北极驯鹿公母都有鹿角，为适应北极的气候，耳朵和尾巴变短以减少体温流失。

大西洋善知鸟（Atlantic Puffin）嘴和脚的色彩鲜
艳。它们是潜水高手，可下潜至70米深去捉鱼。

黑足三趾鸥喜欢群栖在冰河附近。

表的冰雪，苔原换装成绿色青苔衣裳，生机遍布，迷你的小花草抓紧了短暂的夏天成长开花，世界最小的树（Salix minuarfa）努力吸收营养，只长两厘米就开花了。我们脚底下的土地底层终年结冰，不久后冬季来临，整个苔原都将被冰雪覆盖，又恢复一片荒凉，周而复始的生生灭灭。

髯海豹是北极圈里体型最大的海豹，体长260～280厘米，体重约四百公斤，喜欢独自躺在浮冰上。（上图）
海象有5厘米厚的皮层，且具有锐利的尖牙，北极熊不敢招惹它。公海象的牙可长达100厘米。（下图）

有一次，看到皑皑冰雪上一团腥红残体，怵目惊心，那是遇害的北极熊的残骸，飞鸟正在啄食它的内脏。弱肉强食，生物界的食物链，有其令人黯然的残酷。另有一件印象深刻的事，是有一回我在小岛上拍照，被鸟攻击！那是因为我不小心惊扰了地上正在抚育幼雏的母鸟，它振翅疾速飞起，来势汹汹地朝我冲过来。我专注于摄影窗口的方寸间，对身处的险境浑然不察，母鸟竟怒气冲冲飞攻我的头部，直到拍翅声在耳边响起，我霎时警醒，才闪躲过了一劫，心中怀着父母爱子女的同理心，目送母鸟飞回巢保护它的幼鸟。

我们也曾巧遇两只驯鹿，忙着在短暂的夏天啃食地上的青苔。想起了影片中曾看过驯鹿每年一次的迁徙，它们边走边吃，日夜兼程，向北方行走远达数百公里，这画面该是多么壮观。但是，我们人类造成的全球暖化，却让北极地区的温度节节上升，使雨季加长、雨量增加，苔原变得更加泥泞，届时将更不利于驯鹿的迁徙。

一趟丰富的生态巡礼，让人感动于生命的美好。我们的探险队长是生态学硕士，她曾说："在地球上，仅少数净土之一的环境下，与野生动物将近18个月的相处，将改变你对生活远景的观点。"的确，亲身走一趟北极，亲眼目睹北极的壮美，亲自感受在生存条件这般恶劣的环境中，牵一发而动全身。每种动植物都把握着仅有的机会，努力地存活，生命的坚韧着实令人感动，也让我深刻地感受到佛法中的"众生平等"与"因果律"。如果我们继续以人类为中心，无法谦卑地与世间万物和平相处，只顾短期经济利益，牺牲动植物等生命的生存权利，冰盖融化和化学污染的现象又得不到控制，那么北极熊和北极的所有动植物，都将成为一种传说，那么人类的未来又将如何呢？近年来频繁的水患、天灾，不正是大自然的反扑吗？

北纬 80 度，
天堂般的幸福之地

北纬 80 度，地球仪上没有标示线与数字的地带，但它真实地存在。在这个区域的国度里，以"天堂般的幸福之地"来形容，绝非夸大之词。而那里的居民，则是我眼中的"天命之民"（The Chosen People），在这扰攘的世界里，北国的居民与土地，创造了一处净地，让旅人放松、沉淀和省思。

北极圈80度一带，因冰河作用地形崎岖，形成多山、多峡谷、多瀑布的地貌。

我们的游览车，转弯时卡在悬崖边的石柱护栏，险些掉落山谷，让大家虚惊一场。

精灵之路岩上九拐十八弯，许多惊险的发夹弯在上下起伏的山中盘绕，处处惊险。有时小桥跨越极深的溪谷，谷底的雪水奔腾，极为壮观。

人生公园里的每一件雕刻作品，都引人驻足深思，值得安排长时间停留
欣赏。其中最引人注目的"人生柱"，高17米，一整块花岗岩雕刻出
212个男女老幼，将人生的生老病死、沮丧、希望……刻画得精彩动人。

　　因万年前的冰河作用，造成了北纬80度的国家拥有多山、多峡谷和多瀑
布的环境。冰河峡湾最美的挪威，可见证冰河的历史演变，像是哈当厄尔峡湾
（Hardangerfjord）仍未消融的冰河，仍覆盖着万年皑皑白雪；乘船漫游世界最
深、最长和最大的松恩峡湾（Sognefjord），青绿色的水面平静无波，两岸的峰峦
起伏，断崖峭壁处处，让人不难想象：在一万年前冰河时期，大量冰块由高山上滑
下，是如何地将山壁侵蚀而成了峡谷。

　　曾连续四年"幸福指数"排名第一的挪威，不仅峡湾风景让人心旷神怡，挪威
人民的素养，也让人深深感受到幸福。

冰岛的史托克间歇喷泉，每七八分钟喷发一次，高度蹿至30多米。酝酿时间愈久，喷发高度也愈惊人，最高纪录有80米。

从盖伦格峡湾（Geirangerfjord）到Åndalsnes的黄金之路（Golden Route）一带，时而经过峡湾，时而越过高山，绝美的景色动人心弦。来到崎岖的精灵之路（Trollstigen），连续11个陡峭弯曲的发夹弯，迂回不断，其惊险可比拟西藏的川藏公路，尤其大型巴士行走更加困难。不料，我们的游览车在转弯时真的险些掉落悬崖，卡在崖边进退不得，阻挡交通长达五个小时。许多车子在山路上排成蜿蜒的一长列，但挪威人不按喇叭也不围过来看热闹碍事，反倒有许多人来协助想办法，连路过的脚踏车骑士也热心地帮忙搬走石块，让人见识了挪威人的国民素质。

　　挪威的人生公园（即维格兰雕刻公园〔Vigeland Sculpture Park〕），也让人惊艳。这座公园反映了挪威人的生活哲学以及生命的宽度。艺术家维格兰费时35年，雕刻的212座雕像，每座都富有强烈的张力，我很享受在这儿悠然地欣赏生命的缩影，从婴幼儿、青少年、成年、到老年人的一系列裸体雕像，将人生的喜怒哀乐爱恶欲，刻画得淋漓尽致。整座公园就像一本无字经书，让人体会生命循环的本质，正如佛教的根本思想：苦、空、无常、无我。

　　冰岛，则是一个冰火相融的世界。正如其名的有许多"冰"覆盖大地，是世界第三大冰原。万年不化的冰雪之外，更有两三百个火山和六百多个温泉，是全世界火山地热活动最活跃的地区，也是全世界温泉最多的国家，简直是座自然天成的"冰火主题公园"。因地热丰富，因此气候比邻近国家温暖，四处可见如茵的青草和翠绿的农牧场。

　　世界知名的蓝湖（Blue Lagoon）温泉，是体验冰岛地

天气晴朗时，古佛斯瀑布因光线透过瀑
布的水汽，形成金黄色光芒，所以又称
黄金瀑布。瀑布上经常可见彩虹。

热的最佳去处。有趣的是，这个长年被蒸汽笼罩的温泉，其实并非"天然"，而是不小心"诞生"的人为产物。因附近的发电厂汲取地下极高温的热水运转涡轮，最后将发电用的热水经过降温后，注入这片凹陷的火山岩中，没想到热水融解了岩石中的矿物质，让水变成了幽蓝色，成了冰岛人和各国旅客的最爱。将天然的白硅泥涂抹脸上，浸浴恒温 37℃ 的地热水中，可养颜美容，天然景观让人更加舒畅，舒服得不想爬起来。

冰岛的火山活动，最有趣的是盖锡尔地热区的多座间歇喷泉（Geyser）。其中爆发力最惊人的是史托克间歇喷泉（Strokkur Geyser），每七八分钟喷发一次，一开始，只见地上有个安静的大坑洞，接着是"咕噜咕噜"的声响，不断变大再变大。紧接着，滚热的水柱随着四起的惊呼声，蹿起三十多米，飙高再飙高，然后倏地消失，过程仅仅几秒中，眼睛眨也不敢眨，引颈期待着下一场的演出，酝酿时间愈久，喷发高度也愈惊人，最高纪录有 80 米高。

"冰火交融"的冰岛，有地热也有冰原。其中 Hofsjökull 和 Langjökull

乘船在冰海中漫游，欣赏陆地风景和冰川，是旅游格陵兰最惬意的活动。

两座冰原的雪水形成的居德瀑布（Gullfoss Waterfall，又称黄金瀑布）气势磅礴，瀑布区域广大，在短短数十米内的断层上，形成角度约九十度的两道大瀑布，水声轰隆隆震天价响，激起的水雾飞扬，天气良好时几乎随时能看到彩虹，壮观极了。

但不幸的是，自古以来就惠泽冰岛人的地热，也带来了天灾，2010年艾雅法拉（Eyjafjallajökull）冰河火山突然爆发了。岩浆冲破200米厚的冰层，导致冰河融化，火山灰喷发至一万多米的高空，造成全球航空大乱，引发难以估计的损失。火山灰不但对欧洲北部造成污染，更使得冰岛的天空蒙着浓厚的灰雾，阻挡阳光照射，使冰岛的温度下降。

在此天灾之前，这座曾是全球最富足的小岛国也遭遇了人祸，2009年欧洲爆发经济危机时，冰岛因为积欠英国大量公债无法偿还，使得国内币值急速贬值，2010年，冰岛不得不宣布破产，许多国民的生活也陷入困境。在前几年全球金融体系充斥廉价资金时，冰岛的银行过度借贷便宜的外币，在海外大举投资想要利上滚利。没想到一时的贪念，为冰岛的不幸埋下无法挽回的恶种。

人们总形容冰岛是"冰与火交融的世界"，我却深深感叹，在金融及天灾之下，冰岛人民的生活真正进入冰与火的双重磨难。美丽的岛国，和善的人民，我实在不忍心把这个事实和他们联想在一起。

格陵兰的冰河、雪原，一望无际，那是千亿年的寂静。海岸边，琉璃蓝的浮冰漂浮在深蓝大海上，宛如梦幻仙境。

初夏时，由飞机上向下俯瞰，视线所及的范围内，除了小部分自冰封中露脸的褐色和绿色冻土，在深蓝色的海水环绕下，白色是唯一的色彩。当飞机即将降落时，只见白色冰原出现了五颜六色的小房子，活泼的色彩装点着白色大地。

以前格陵兰沿岸附近的海面都是浮冰，但因全球暖化使夏天的浮冰迅速融化，冰河的河床也后退了。

世界第一大岛格陵兰，面积是美国本土的四分之一，大部分的土地位于北极圈之内，约有百分之八十的土地被冰雪覆盖，是世界第二大冰原。我问过许多人，几乎有一半的人都以为格陵兰是个国家，事实上，格陵兰属于相距 2000 公里之遥的丹麦领地，但已在 2009 年成立了自治政府。

乘坐红色的小船航行，点缀着卷积云的天空，和海水几乎一样的蓝，这是过去在精美的月历中常见的风景，而我正置身其中。水面平滑如镜，倒映着露头的岩山和天空，形成万花筒般迷幻的图形，让人一时不知道何者为虚，何者为实。除了偶尔穿行浮冰之中，船身发出了摩擦的"嘎吱"声，天地一片宁静。对于都市人，这是一个自自然然就能沉思冥想的地方。

遗憾的是，当地人告诉我，以前夏天整个海面都是浮冰，但近年因全球暖化日益严重，夏天时浮冰融化很快，冰河的河床也后退了。

格陵兰看似一个中间高，四周低的大岛，实际上正好相反。岛中央有 3000 多米高，部分冰层的厚度更达 3 公里，岛中央因受到冰原的压挤，土地已凹陷到接近海平面，使得岛的四周隆起，成为环岛山脉。这也正意味着，倘若格陵兰的冰原全部融化，将会成为一个像甜甜圈状的湖岛。而它的冰原占全球淡水总量的 10%，根据科学家的估计，如果这些冰原全部融解，足以使地球海平面升高 6.5 米。

2010 年 8 月 5 日，格陵兰的彼得曼冰川真的崩解了，释出了一座面积达 260 平方公里、约莫相当于一个台北市的浮冰岛，许多科学家认为，冰川崩解与人类制造的温室效应脱不了干系。以格陵兰西侧离岛迪斯科岛为例，从 1991 至 2009 年，它的年均温升高了 4.8℃；以往，这里的冬天气温经常低达 −30~−40℃，如今已升到摄氏零下二十多度。

暖化已造成格陵兰附近的海冰延迟一两个月才会形成，形成后的冰层又太薄，融冰时间随之提早。今年 7 月，北极海冰层覆盖面积更缩小到历史新低。冰冻期缩短，正一步步将作用如同地球空气调节器的白皑皑北极，染成草绿色。不仅永冻层释出甲烷，危及全球生态，2011 年春天北极融冰，让全球经济损失了有四千亿美元之巨，甚至有环境组织提出报告，未来 40 年内，暖化的成本将高达七万亿美元！

数据还不足以呈现真实的景况。

全球第一大岛的格陵兰面积有 216 万平方公里，约是台湾的 60 倍，但人口仅及台湾的四百分之一，57000 人左右，其中将近九成是爱斯基摩人伊努特族。数千年来，矮小的伊努特人驾着狗拉雪橇在这片地广人稀的冰原上驰骋，猎捕鲸鱼、海豹、海象维生。然而，地球暖化改变了一切。往昔厚达一两公尺的海冰，如今只剩下几公分厚，承受不了狗雪橇的穿梭重压，狩猎为生日益困难。

陆地上的情况更糟，永冻层开始解冻，房舍歪倾、道路变形；动物难以生存，连北极熊都愈来愈瘦，不得不侵入人类活动地区觅食。迪斯科岛哥德港居民约有 900 人，家家户户豢养哈士奇，犬吠声是这里的生命活动之一，但如今村民为了糊口不得不开始射杀哈士奇，原有的 300 条哈士奇犬只剩一半。

犬吠稀微了，石油探钻声却震天价响。今年夏天，巴芬湾出现了一家苏格兰能源公司的石油采勘井。地质学家估计，格陵兰外海蕴藏了丰富的石油与天然气，本岛上也蕴藏了大量的黄金、锌等金属矿。如今无冰的水域与陆地面积扩大，开采就更容易了。

对此，格陵兰官员的看法趋向正面，认为它带来新的经济机会与收入，但是渔猎人士却忧喜参半，因为石油固然会带来工作机会，但若是造成污染，后果难以想象。部分居民指望石油资源能让他们不再仰赖丹麦政府补助岁收，可让格陵兰加速成为主权独立的国家，但还是有许多人对前途感到茫然，他们担心：海冰消失、犬吠稀微、石油探钻价响的同时，狗拉雪橇会不会成为博物馆的展示品？

冰海荒原中，
赤子之心坦然释放

　　北极之旅，来自世界各地的团员有教师、科学家、生物学家、医师、画家、大企业家，甚至是美国众议员，大家齐聚一堂，其中不乏阅历丰富、叱咤风云的佼佼者。回想多次乘船破冰长征极地，目睹浩瀚无垠的大冰洋，让人感叹世界之大，然而，在冰海荒原中，人与人之间的距离却是那么的近，每个人坦然释放赤子真情，也许，正因这里拥有着强大的磁场，彰显了人类返璞归真的心。

　　我印象深刻的人物之一，是第二趟长征北极正 90 度时，俄罗斯核动力船 YAMAL 号的船长 Alexander Lembrik。潇洒内敛的他，总是彬彬有礼，说话带点官方的客套和谨慎，有

时候甚至是实问虚答。有一回团员问他："戈尔巴乔夫在俄罗斯的声望如何？"他技巧地反问："你说呢？"然后才说："政治人物总有好的一面和不好的一面。"有人问他："你长得英俊潇洒，万一有工作人员爱上你，怎么办？"他浅露笑意地答："但愿我有

这个机会，我不会拒绝。但是，我51岁，太老了，会有人看上我吗？"

　　船长的性格，正是俄罗斯人的典型代表，深沉而内敛，带有另类的黑色幽默，不像老美浮躁而夸张的幽默方式。他知道我写过一本《梦想南极》的书，特别邀请我去舰桥参观，为

南北极之旅常遇喜爱画画的团员。站在冰冷的雪地作画，将眼睛所见一笔一画地记录下来，印象更是深刻。

我解释仪表板，并亲自教我如何"掌舵"，还请副船长为我拍照，这种礼遇，令我受宠若惊，也让我见识到他热情的一面。过去，很多人把俄罗斯人视如北极熊般的凶悍，与船长近距离接触，才澄清长久以来的偏见。

第二个令我印象深刻者，是此趟旅行的探险队长，加拿大籍的 Laurie Dexter，最让我惊叹的纪录是在他 61 岁那年，带领 12 名团员，以四个月时间徒步横跨北极圈，从加拿大走到俄罗斯在北极的基地，其中一名团员甚至因冻伤而鼻子溃烂。这趟光荣的壮举，曾获戈尔巴乔夫总统接见。但他最遗憾、也最幸运的是，长达四个月的北极行走，竟没有遇见一只北极熊！他第二项傲人纪录是，曾经 24 小时不眠不休地骑自行车，沿途只喝水不进食。

亲身接触这位探险家，让我心生一股崇敬之情。或许是探险家的意志力令人慑服之故，况且崇拜英雄是人类的天性啊！他们做到了一般人做不到的事，成为众人精神上的力量及追求的目标。

探险旅行，
我的超越与重生

　　破冰船像一座孤岛，随着海浪飘飘摇摇。眼前这片北极冰海，不正是所谓的"天涯海角"？放眼望去，迎着冰冷海风，悠然独立，自然有一份清洗沉淀后的情思。我常思考，为什么我会站在这里？在这一片汪洋冰海中？

　　我爱旅行，骨子里填满了探险的基因。旅行"Travel"这个字，拉丁文的字意包含"hard work"与"rebirth"的双重含义。旅行于我，是一件辛苦的工作（hard work），我习惯于从旅游中的艰苦与经历，深入地回顾与反省这一生，探索自我的弱点，不断地追寻重生（rebirth）。

　　是我的母亲，把探险的基因，遗传给我。

　　我的母亲，既传统，又超越传统。早在70年前，年方18岁的母亲忍下心把三个月大的我留在台湾的外婆家，独自一人远赴日本东京昭和药专留学，只为了追寻梦想。那时，在船上望着大海的母亲，不知是何等的心情？她，流下了眼泪吗？

　　母亲多才多艺，当过教员，开过药厂，而且厨艺一流，有时我怀疑她上辈子是西方人，因为她只喝咖啡当饮料，而且不吃稀饭。她永远在学习新的事物，绝不停滞。她62岁移民美国，开始学习绘画和雕塑，并在洛杉矶的绘画比赛中得到第二名，初期的油画，成熟的技巧和色彩运用，竟然看不到新手的生涩。我的母亲个性豪爽，喜欢购物和馈赠亲友。她往生后，我在她房里找到了87个包包，百多条围巾。我那好脾气、勤劳、简俭的父亲对她一向包容，不但容忍她满屋子的画笔、颜料，还支持她买电窑从事陶艺创作。

这一生，我从未见母亲流下一滴眼泪，即使在父亲与妹妹的告别式上，也仅止于双眼湿润。在母亲患大肠癌的那段日子，她若无其事地照常生活，从不向人诉苦，即使她逐渐衰弱举步维艰时，仍婉拒女儿协助上洗手间。

母亲生财有术，家里的经济多半仰赖母亲，她为事业锲而不舍，但也懂得犒赏自己。40 年前，她运用父亲的退休金凑足了 24 万，一次全数花光，只为追逐梦想——环游世界 30 天。那 24 万，对于那时刚大学毕业的我来说，必须不吃不喝地工作 12 年才能赚得。

母亲遗传给我勇于尝试、追求梦想的基因。然而，更让我感动的是父亲给予我的——慈悲的身教。表面乐观的父亲，一生任教于中学，他总是笑脸红润，学生都称他"不倒翁"，但实则抑郁不得志。在家族同辈中，他的两位堂兄都是当时台北帝国大学（现为台湾大学）的医学博士，不但自己开医院，事业还扩展到武汉。父亲不但屈居堂兄弟们的光彩之下；在自己的小家庭中，他也不及母亲在事业上的活跃。但是，他的慈悲，让学生们一生感念，让我愿意来世再生作他的孩子，孝敬奉养他。

除了教学，父亲更注重生活教育。父亲是我的太太 Sumi 的中学导师，Sumi 常与我聊及，很怀念中学时代周末看电影的日子。父亲每回看过好的电影，便会替学生谈半价优惠电影票，到了周末，领着全班学生去看电影。在过去以打骂教养的年代，我经常看见堂兄被伯父抽皮鞭，甚至听说过堂兄曾被伯父将头压入水缸中。但我这辈子，父亲从未打过我，他尊重孩子的选择，我相信，这深刻地影响了孩子们的性格发展。

父亲也很孝顺，尽管祖母始终较偏袒伯父，但却是由父亲奉养祖母。有一回，我们陪祖母去南投中兴新村接受全省模范母亲表彰，回家后，父亲因为尊敬兄长，把全部的奖牌与锦旗都送交给伯父。后来，遗产也全由伯父分配，在诸多名贵的古董、家具中，父亲只取了一口老钟，母亲为此非常不悦，认为犯了习俗中"送终"的大忌，但看在我的眼中，父亲此举仿佛是在教导我要珍惜人生和光阴，而他所表现出来的洒脱，对我后来的影响也很大。

他去世后，我才从镇公所那儿得知，几十年来，他把每个月学校配给的白米、食油全都捐献出去送给游民，他的无缘大悲及默默行善的人生，深深影响了我。

出门在外倍思亲，每每想起了父亲，如果他还在世，一定要带父亲来此一游。可惜子欲养而亲不在的遗憾，总让我潜然落泪。

在船上欣赏着极地美景，我又思考着，为什么我来到了这里？感谢极地赐给我最美好的生命礼物，但我能回馈给他什么呢？

我所乘的破冰船行驶在大海之上，必会对海豹、北极熊，甚至是看不见的、更多种的生物的生活带来或多或少的影响。在南极时，在破冰船上也常见浮冰上的企鹅们慌张地逃跑，让我不禁省思到观光旅游有时对环境也是一种伤害，甚至曾看见船员刷洗轮船机具后，将大量乌黑的废油直接倾泻冰海中。

过度的观光是对环境的耗损，如果能限制造访极地的人，需以特定目的提出造访申请，或对极地以研究、

母亲62岁开始习画，作品坚毅中藏着温柔。

报道等带有正面意义的目的前来，而不只是为了观光享乐而来，或许可将地球的消耗减到最低。

几趟的极地之旅，清净无污染的视野，洗涤了视网膜，也过滤了心灵。今日的北极海是否一如洪荒初创的原始风貌，谁都不知道，但可以确定的是，这里绝少受到人类文明的污染。所幸，地球上还有两极净土，是我们可以引颈回归的原始圣地。

佛言："心净，国土净。"但是，一介凡夫如我，要得自净其意，谈何容易，只好长征无尘之境，在纯净壮阔的大自然中，从国土净，反求心净。天地八方开阔，只有皑皑白雪将身依托在靛蓝沉静的北极冰洋上，我将一切摄入广角镜头，也存入我心底。

这片冰雪封印的白色大地，百万年来，依循着它特有的节奏，孕育了丰富精彩的生命。如今，这寂静的大地，却留下全球变暖最深刻的痕迹。在不久的将来，北极夏天的冰河将全部消失，依赖浮冰生存的物种也将全数灭绝。极地的美，深深地烙印在心田，面对如此无奈的环境，每个人都应更努力节约资源，爱护地球，才能留住这清净无染的一幕。愿极地的冰清圣洁，沁入人心，永远作为世间的美好存在。

北极教我的事：
面对大自然，唯有谦卑

北极是一个由陆地包围海洋的区域，终年都可看见白茫茫的一片冰天雪地的景象，放眼一望似乎是一个死寂的蛮荒之地，但是其实北极的动、植物物种非常丰富，不但有许多海洋生物，苔原上的植物更是千奇百怪，风物多彩多姿，北极，正是一个如此能够洗涤人心的极境美景。

我在北极真正体会到人面对大自然时，必须带着谦卑的心。谦卑是一种柔和的心，位于环北极的国家，很早就知道这个道理。例如芬兰人深刻了解到大自然的力量，他们懂得平衡产业发展与环境保育，过去半个世纪以来，芬兰的森林面积逐渐扩大，不减反增，这一切都归功于他们每砍一棵树，就必须再栽种三棵树的法规。尊敬自然，正是北欧国家进步的动力来源。

北极的冰原广阔、神秘而古老，并且保留最原始的样貌。去一趟北极，可以说是享受了心灵的净化，毕竟人是源于大自然，并且渴望接近大自然的。希腊有一座戴尔菲神殿，供奉阿波罗神，神殿上铭刻的第一句话，即是"认识你自己"。因为多数人所认识的是假我，偏离了真实的自己。禅宗教人参究"本来面目"，识心达本之后，就没有所谓世法、佛法、烦恼、菩提等等分别心的产物。人总是在返璞归真之后，才能够真正看透自己的心思，并且开始反省自身。只有向内心深处发掘，才能找到真实的自我。

地球的资源虽然丰饶，却满足不了人们贪婪的欲望。古代人得克服困苦的环境，努力生存下去。现代人则依循贪婪的惯性，对地球予取予求，造成环境的破坏与污染。眼见北极熊花了很久的时间狩猎，却一无所获，败兴而归，令人感慨万千！

大自然反扑的力道十分恐怖，人类一定要懂得谦卑，才能与大自然和平共处，并且尊敬它。哲学家苏格拉底说："我唯一知道的，就是我的无知。"这正是我们所要学习的自省精神。

沙漠——陆上的海洋

汹涌澎湃的沙浪蛮横而来。一阵风吹过，沙漠瞬间变了样貌。它的美，美得让人不由自主地想接近，而暂时忘了那些柔美、幻变的光影背后潜在的危机。

或许，正因为沙漠的危险，让人更加的谦卑；沙漠的旷与野，吸引人去探索未知的极境；沙漠的虚无与宁静，让人亲近孤独。美学大师蒋勋说："孤独是一种沉淀，而孤独沉淀后的思维是清明"。从孤独中，因而照见自己的心，看见生命的美丽。

沙漠越贫瘠，
越感受生命的奢侈

　　远远望去，一波波起伏的沙山，如静止的波浪。我背起相机扛着三脚架，一步一脚印，在沙地上留下一行行的痕迹，这些脚印能保留多久？热风袭来，吹皱了双唇，回头望去，印痕早已经消失。

　　沙漠的印象，多是荒芜、苍茫和死寂，而史诗中的沙漠则是凄美的，吸引人想一探究竟。这些年来，为捕捉旷野的美，我带着第三只眼，游走世界的几处沙漠，虽然无法骑着骆驼，伴着驼铃声走进大漠深处，体验丝路古道的凄美意境，仅止于车能抵达之沙漠，将之摄入镜头，却也不禁连连赞叹，它的美，完全超乎了想象。

　　每个沙漠，各有它独特的美，并且充满了迷幻的氛围。

　　新疆的沙漠——世界第二大的塔克拉玛干沙漠，曾今，大唐和波斯的客商通过它频繁往来，驼铃声不绝于耳。

　　内蒙古的沙漠——世界第四大的巴丹吉林沙漠，站在世界最巨大的沙山前，五百多米的落差震撼人心。

内蒙古巴丹吉林的黑城是西夏古都。相传黑城由
黑将军驻守，敌军攻城时，堵塞额济纳河支流以
切断水源，黑将军率众死战，直至储水干涸。

沙漠一如海洋，在种种挑战与危险中，它让人学会在大自然中更加谦卑。

神秘的西夏黑城，残留的佛塔记录了在这片穆斯林之地的世代更替。

西藏的沙漠——世界上海拔最高的小型沙漠，藏在冰冻的雪域高原中，沙漠背后是高耸的山峦叠嶂，攀高再攀高。

印度的沙漠——散发浓郁的中世纪情调，印度教的传统文化与伊斯兰文化融和。

非洲的沙漠——世界最大的撒哈拉沙漠，流传着作家三毛的浪漫故事，数百年来，旅行家与科学家的探险故事不断。

沙漠，是生命的背面。有时，我蹲踞沙地上，拍摄难得遇见的小草；有时，乍见一堆骆驼白骨，残缺地散落黄沙上。不禁感慨，在这里，一滴水、一株草都不吝于露出生命的踪影。

庄子曰："道在稊稗。"稊稗指的是一种小草。我真的深刻

地感受到沙漠上小草的生命力。小草可以生长在看似毫无水分、养分的大漠之中，即使整个夏季都受到太阳的高温炙烤，依然保持青绿色，为荒漠带来一丝生命的希望。在冬季，小草即使被大雪包裹着，仍然是直挺着身子，耐心等待雪融的那一刻。沙漠中的一小株草，竟然如此坚韧，如此令人动容。我喜爱沙漠旅行，它的贫瘠，总让我深刻感受到现实环境的奢侈，更令我感受到生命的奢侈。

　　沙漠，对一般人而言是遥不可及的未知与陌生，但在地球上却绝对是个巨大的存在，占了陆地的三分之一。相对于南北极旅行时所感受的大海茫茫，眼前这些浩瀚无边的沙漠，比起大海却又只是区区小块；沙漠与海，相对于宇宙，更只是一粒微尘。那么，人又是何其渺小！

尘归尘，土归土。当人死亡后也只剩一堆白骨，回归大地。

骆驼队的剪影在彩霞中慢移，
仿佛带人重返古丝路的盛况。

时间在风沙烈日中，变得又干又缓。生命
力却如沙地野草般，坚忍地生存着。

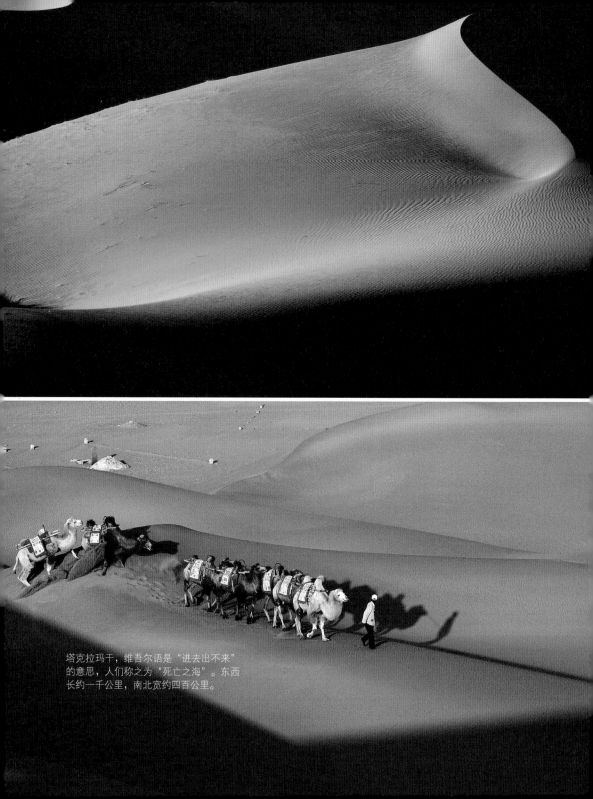

塔克拉玛干，维吾尔语是"进去出不来"的意思，人们称之为"死亡之海"。东西长约一千公里，南北宽约四百公里。

一阵风袭来，
所有生命消失无踪

沙漠的美无法准确地形容，它的美丽中带有残酷。如我一介都市人，把荒芜看作美，把孤独当作美，对于在沙漠中努力求生存的人与物，或许是很残酷的。然而，没有苦痛，没有孤独，生命也就无法展露它的完美。

镜头下的沙漠，大部分被土黄色与黑色填满。风是沙漠的画笔，在大片土黄色中，长年累月画出了各种浪纹，有时大笔一挥，大色块组合出巨浪般的大沙山，高数百米；有时以工笔画精雕，如静谧湖面被微风轻拂的小涟漪，呈现沙漠细腻的一面。因光线的变幻而形成长长短短、大大小小的黑影，突显着沙漠独特的美。

我拍摄着沙漠中一幕幕的变化，想起在极地旅游时，船过水无痕；而在沙漠，却是走过沙无痕，所有的脚印、所有的痕迹、甚至所有的生命，只要一阵风袭来，都可能消失无踪。细沙尘被风吹起又降落，流动的沙山，周而复始地迁过来，又移过去。有时，遇上一个绝美的画面，想要用镜头捕捉，过了半晌就被沙淹没；有时，正在拍阴影的美，想换个角度再拍，顽皮游移的云朵马上就遮住阳光。

一而再，再而三地，沙漠用瞬息万变的风情，吸引着注视的眼光，挑拨人类的创意想象，这稍纵即逝的美，到底是真实的存在？或只是心中的假象？正如《般若心经》所言："色即是空，空即是色。"世间一切"色相"都是"空无自性"，万物只是一堆现象的因缘聚合而已。

骆驼队拖着长长的影子走在荒漠，一幅古丝路氛围的美景，是少不了的经典画面。在新疆、内蒙古拍摄这种画面时，沙漠是真的，骆驼是假的。因为汽车的取而代之，骆驼已失去传统搬运的用途，而成了每只索费 100 元人民币的活道具，随我们的摄影团摆布。这样的美，或许就像电影，提供观众想象古丝路的媒介，但换个角度来看，这种营造出来的画面，却也是种虚假的美，虚幻得如昙花一现，无法长久感动人心。

拍摄骆驼队的同时，我思考着，摄影者透过镜头，观察一件事物而看到了生命，透过拍摄的角度而看到了全世界。什么样的照片能感动人？多半是照见人性的光明与丑陋的影像。人类追求"真、善、美"，"美"之所以排在最后，乃是因为在追求美的同时，"真"与"善"是过程中更重要的原则，真之后才有善，有了真与善，才会感到美。而缺乏真的善，是伪善，没有真与善的美，都只是外在的美，就像时下流行的整形手术，只在门面上下功夫，注重外在的包装，缺少了内在的美化，徒增矫揉造作的观感。

中国大陆殿堂级画家吴冠中，2010 年 6 月 25 日病逝。享年 91 岁的吴冠中在生前取得艺术成就后，一方面说："我负丹青。"他觉得自己搞了一辈子的绘画艺术，却有太多不满意的作品。1991 年再度烧毁两百多张作品，以他的名气，任何一张都价值数百万，但他忠于艺术，忠于自己，自己不满意就烧毁，完全不以金钱为考虑，以臻名实相符，令人由衷钦服。另一方面，他说："丹青负我。"因为到了晚年，他觉得绘画技术并不重要，内涵才是最重要的。绘画毕竟是用眼睛看的，具有平面的局限性，许多感情都无法表达出来，不像文学那样具有社会性。因此他说："我不该学丹青，我该学文学，成为鲁迅那样的文学家。"

这也让我反思摄影这件事，一般摄影教学多止于技巧传授，但，如何在摄影中传达内涵，才是更需要学习的。而摄影者之间，常常在镜头长短、相机功能上较劲，然而，一张赏心悦目的照片，背后到底在诠释什么？能为人带来什么启发？一般的摄影教学并没有适当地揭示出来。对于摄影，我相当赞赏摄影大师柯锡杰所说的："懂得摄影技巧并不是学摄影的第一步，什么是你自己的眼光、自己的美感，那才是最重要的。如何培养、充实自己的内涵，这是摄影作品走向艺术作品的第一门功课。"

早晨的一场雪，把沙漠原来的面目都遮住了，掩盖了所有杂质，变得更纯净。到了中午，白雪已被干燥的空气和沙地吸收，只剩下较晚晒到太阳的凹谷还有些残雪。

风是沙漠的画笔，有时大笔挥洒
出巨浪般的大沙山；有时以精细
工笔精雕成水面般的小涟漪。

看不见的，
不一定不存在

　　除了基本的黄与黑，沙漠更以多变的色彩，呈现它不同的面貌。我们经常摸黑"早出"，又摸黑"晚归"，赶赴初阳升起后，与夕阳落下前的摄影"黄金"时段。日出与日落时温暖的光线，把大地渲染成金黄色泽，沙丘的纹路被阳光照射后，拉出黑黄分明的立体感，优美的光影蕴含着生命的跃动。

　　沙漠的美，眼见为凭。有一回在内蒙古的巴丹吉林沙漠，拍摄骆驼队走在黑黄分明的沙丘间，被阳光拉长的影子，恰如其分地落在适当的位置，真是美极了！然而，直到照片冲洗出来，十几位摄影团友中，唯独我拍的这一张，竟出现了一道道金黄色的光束，像舞台追光灯一般，落在骆驼的身上！常听人说"眼见为凭"，但这画面让我深深震撼：世间的万事万物，看不见的，一定不存在吗？

　　有时候，沙漠呈现一整片的红色，那红色，也是肉眼看不见的。在新疆克拉玛依沙漠，我们半夜摸黑，偷偷地爬过带刺的铁丝网，闯进油田的员工宿舍后头，只为了利用夜晚时，油井燃烧废气的火光映照沙漠，以不同的效果诠释沙漠夜晚的美。那一夜整整三个多小时，像是作战一般，专心守候在脚架上的相机镜头，作长时间曝光。油井的火光时大时小，只能凭经验和运气，用五指在镜头前摇摆减光，免得过度曝光，并且随时拿着布巾待命，准备狂风吹起时，阻挡沙

内蒙古的巴丹吉林沙漠，骆驼队被夕阳拉出长长的影子，美极了！然而直到照片冲洗出来，竟出现了像舞台追光灯般的光束。

新疆独山子油矿附近有座"沥青丘"，
像涌泉般流出黑色的油，当地人称黑油
山，维吾尔语即"克拉玛依"。
克拉玛依油田位于新疆西北。半夜我们
前往油井附近拍摄沙漠，靠燃烧废气的
火光作长时间曝光，出现了红色沙漠的
特殊效果。

尘侵入相机。每张照片得曝光 5~8 分钟，却未必能冲洗出三五张喜欢的画面，便感弥足珍贵。这些照片曾被误以为加了滤镜，实际上是燃烧废油气的火光映照出的真实色彩。由于工程队早已撤出，以后这样的情景也难再出现。

利用胡杨树在沙漠中的倒影，为自己来一张自拍像吧!

我曾在新疆塔克拉玛干沙漠拍摄胡杨树，在太阳缓缓落入地平面之际，天空逐渐变换色调，从一片渐变的昏黄色，逐渐转为满天星光的蓝紫色天空，地平线那端还透着余晖的色彩。片刻之间，满足了视觉与心境的丰富飨宴。黄昏时候，是拍摄的最佳时机，最符合灯光美、气氛佳的定义。

夏季的沙漠是酷热的，焦干的，土黄色的大地布满观景窗……冬天的沙漠，却是完全不同的感受。我曾经在冬天的内蒙古，清晨气温低于 -40℃，前一天带来的矿泉水都结冰了。哪怕是太阳高照的白天，一拍完照，相机得放进保温包里面。有一年，我前往新疆的鄯善沙漠，-30℃ 的清晨，酷冷难耐。一早醒来，眼前竟是一片雪白，纯粹的白遮掩了所有杂质，不再有沙漠的皱折与波纹，留下的只是更纯净的画面。此刻，眼前的大地就像我的心，所有的杂念都空了，心也静了下来。直到中午，白雪被干燥的空气与沙地吸干，大地又恢复一片枯黄。

生命的伟大不在长短，
而在活得精彩

金色的秋天，胡杨的叶片在风中翻飞，闪耀一树的金黄。新疆塔克拉玛干沙漠的塔里木河畔，或内蒙古的额济纳河畔，一眼望去，金色的树冠衬着湛蓝天际，倒影在幽蓝的河水中。透过镜头，胡杨对比强烈的色彩，和婀娜多变的姿态，足以让任何文字都黯然失色。

沙漠中的胡杨，或孤傲耸立，或成群如魔鬼乱舞。尽管沙暴飞扬，狂风愤怒咆哮，它依然顽强挺立，就连枯死的千年胡杨，也孤立成一幅永恒的风景。"活而千年不死，死而千年不倒，倒而千年不朽"，一语道出了它生命的坚韧。

胡杨是6500万年前孑遗的活化石，从300万年前即生长在干旱的荒漠。这存在着的千百万年的美丽，是付诸努力而来的，为适应干旱，胡杨努力做了许多改变，像是进化出革质的叶片、有毛的枝条，以及幼树的叶片如柳，都是为了减少水分蒸发。胡杨不断追寻着河水变迁的方向。为了繁衍的梦想，一株树每年产出1.5亿粒细小种子，趁着8月冰雪消融的短暂时间，种子们抓紧雪水的尾巴奔向

胡杨林提供了动物栖息的环境，
骆驼尤其喜爱吃胡杨的叶片。

环境毫不留情地带走了胡杨的生命，但它依然傲立在荒漠之中，独自展现不屈
的精神，以及对生命的渴望。
已死的胡杨树，依旧挺立的枝干伸向天际，展现了胡杨树千年不倒的生命力。

河川，随着河水逐渐地高涨漫溢，向遥远的未知处探险，以便扩张生存领域。若种子着生在雪水积滞处，它能忍耐一百天以上的浸泡，一旦河道迁徙，胡杨木便被河水抛弃，整株树木势将随之衰败。但胡杨仍不轻言放弃，努力伸展长十米以上的根系，追逐地底仅有的水分，用身躯在燥热的荒地制造些许阴凉，供旅人与动物休憩。看似已死的枯木，或被沙暴掩埋的胡杨，却随时等待复活的机会，继续展枝开叶，展现盎然生机。

绿洲，是沙漠中另一生意盎然之处。在旷野中，人很容易因为孤独，而照见自己的内心；在沙漠中，绿洲也因为孤独，而能照见生命的可贵。一如敦煌的月牙泉，如一弯新月落在黄沙筑成的凹谷中，数千年来给多少旅人和动物提供饮水。不可思议的是，干旱时月牙泉不枯竭，狂风吹袭也不被黄沙淹没。恰因地势关系，风起时，泉水附近的沙是从山下向上蹿，风沙不落进泉池中；但沙漠中最大的绿洲罗布泊，它的消失却是个谜。著名的楼兰古国，曾因罗布泊而繁盛，最后也因罗布泊的枯竭，而被深埋在塔克拉玛干沙漠中一千五百多年，被无情的旷野吞噬。绿洲无常的生灭，而沙漠中依靠它的动植物与人类，也因绿洲而生生灭灭。

曾经遍布罗布泊的胡杨林，如今已成枯魂。但传说中的楼兰古城中，胡杨残树仍矗立，而胡杨木做成的木柱、墓碑，至今仍无腐朽痕迹，印证了胡杨木千年不朽的传说。胡杨木以它顽强的生命力，证明了生命是什么！这让我体会到，旷野中生命的伟大，不在它寿命的长短，而是每个时刻它都努力的活，活得精彩。

在旷野中苦行，
超越生死苦难的藩篱

　　为了拍摄俯瞰沙漠的角度，我时常得爬上沙山顶，翻越一山又一山，攀上至高点取景。有时，得通过一行如山岭的尖棱，两脚跨骑似的走在刀峰两侧。一番功夫后，才学得新月形沙丘的背风面是虚沙，脚步得落在迎风面的实沙上。爬上大沙山更是辛苦，脚刚踩实，才稍一用力，脚底的沙又下滑，越用力则陷得越深，加上沙子又渗入鞋中磨脚，才走几步便喘得急躁。越是动气，沙漠变得越柔软可恨，只得静下心来，把自己放松，用柔软的脚劲，驯服柔软的沙。

　　平心定气，不和沙对立了，却又感到太阳之毒辣，烤得身体火热，防晒油的黏腻，吸附了细沙黏满皮肤，让人心生烦乱。一阵干风袭来，贪婪地把嘴唇仅有的水分拭干，有时候专心于拍摄，一回神才发现嘴唇都黏在一块儿了。

　　罗家伦说过："痛苦乃是快乐的母亲，生命的奇葩都是从痛苦中产生的……"就像爬沙山，气喘如牛，等到攻顶成功，放眼四顾，当下的愉悦，则非笔墨所能形容。也印证了基督教的核心教义："十字架上的奥秘，就是人在苦难中获得重生。"事实上，很多宗教都以人的困境为教本，教导众人要真实面对各种冲突，使苦难成为茁壮生长的养分，才能站得更高，看得更远，因为远处有着人生最大的困境，那就是人人都要面对的死亡。

　　拍摄胡杨林时，因为要把握黄昏前光线最美的黄金时刻，

　　摄影团经常会工作到太阳下山之后，热浪随着夕阳西沉而消退。有一回，我们在内蒙古，正准备打道回府，竟发现少了两位团员！在一望无际的胡杨林，要找他们简直就如大海捞针，恐怕会有更多人迷路，我们只得狂按车子的喇叭，并打开车头灯。一段时间后，其中一名年轻团员不慌不忙地循着声音找到我们。还有另一位70岁的李先生呢？此时，天色已经暗到几乎伸手不见五指，还没有看到他的踪影，大家心急如焚。又过了一段时间，谢天谢地，李先生终于出现，大家鼓掌迎接他归队。

　　沙漠的美总是不断吸引人的注目，在满心敬畏中发出赞叹，让人忘记了它的凶险。另有一个摄影团在秋天时前往新疆旅行，傍晚将要离开魔鬼城时，又有两人未归，在重重叠叠的土丘间呼喊、寻觅几个小时后，大家不得不放弃，只待天明后再寻找，留下他们两人，在荒野中度过漫漫长夜。第二天早晨，领队驱车去寻找，不停地按喇叭，所幸两人都出现了。回想当时，倘若是在冬季，夜里急骤降温，他们恐怕难以熬到天明。

　　每在沙漠经历痛苦，总让人想起了玄奘、法显，以及诸多的荒漠探险家。想象他们是超越了何等艰难才完成壮举，活在现代的我们所受的这点苦，相形之下便不算什么了。读《大唐西域记》，玄奘大师不仅在荒漠中历经生死的挣扎，甚至，他还必须徒步翻越天山山脉、帕米尔高原、兴都库什山……就算是现代装备齐全的情况下，要再走一趟玄奘走过的路线，也是相当艰巨的任务。玄奘历经数年的跋涉，为的是取回关于生命意义的经书。我想，他在荒芜旷野中的漫漫苦行，对于生命的体验，对于世间的苦难，以及慈悲的感悟，想必更加强烈。

行走沙漠并非笔直穿越，必须绕过大的沙丘，不可直越陡坡。并且要选择走迎风面和沙脊，因沙被压得较密实，行走较省力。

美丽的影像背后，
隐藏着残酷

　　一张张照片背后都传达着许多生命故事，因为荒漠中的生命之美，比比皆是：两列白桦树中维吾尔老人骑驴走来，是美；夕照中黑城的剪影无语沧桑，是美；胡杨倒影河畔，逆光下羊群的闪亮银光，是美；大片棉花田洁白如雪，是美；蒙古牧民驰骋草原放牧牛羊，是美……

　　摄影取景通常聚焦在美好的一角，但将片段的美丽联结起来，背后却隐藏着残酷的现实。塔里木河流域设立了保护区，让胡杨树得以更好的生长，阻挡塔克拉玛干沙漠北移；但，在河的另一头，人们砍伐大片的胡杨林改种经济作物棉花，这时必须利用塔里木河的水来灌溉，此举牺牲了其他河段的胡杨所需的水量。人们一边保育自然，却一边干扰自然平衡、消耗自然。这已是严重的人为程序失调，更严重的则是为了发展观光，求得近利的破坏性做法，例如：在新疆五彩湾，那么脆弱的风化地形，连地质学家勘查时都小心翼翼，但当地政府却为了观光而兴建栈道，完全破坏了自然的土丘。沙漠中最惊险刺激的越野车飙沙，以及驾驶吉普车横越，破坏了沙漠原有的地形，更扼杀了隐匿沙中的动物。再以黄沙凹谷中的月牙泉为例，因地势关系，风将沙往上吹而不落在泉中，若是附近地形被破坏，绿洲将被黄沙淹没。月牙泉就有消失的危险。而更令人忧心的是，人们对自然的敬畏，似乎越来越淡。

　　美丽的蒙古草原，因全球暖化和过度放牧，草场已大规模沙漠化，尽管种植一列列美丽的白桦树以防风固沙，但哪里追得上沙漠化的速度？骆驼也丧失了帮助牧民生活的功能，而成了观光事业中的临时演员。在黄沙中消失的黑城、楼兰古国，据推测都是因为水源枯竭，而成了沙海中的孤城残址。失去了平衡的自然，背后的美是虚幻的；失去了平衡的自然，将会有更多的事物，也在不知不觉中变成了历史。

过度放牧、人为滥垦、超用地下水，以及全球暖化冰川融解，都导致土地不断沙漠化，而引发沙尘暴。台湾尽管离沙漠很远，也难逃沙尘暴的影响，远从大漠来的沙尘，将我所居住的城市蒙上了一层灰，即使是大太阳的日子，视野也变得一片模糊。不难想象，我曾留下足迹的新疆与内蒙古沙漠，沙尘正嚣张地铺天盖地，沙浪正如蛇一般，迅速流蹿；胡杨老树和地上的草本植

五彩湾为观光而兴建便桥，破坏了景观之美。

物，一点一滴地被黄沙掩埋。新疆的沙漠每年以 168 平方公里的速度向外扩张，不久的将来，塔克拉玛干沙漠与其西边的库鲁克罗布沙漠，将会合二为一。

尽管中国从 2004 年开始在西部投入 1.5 亿美金防治沙漠化，但全中国仍有32 万平方公里的潜在沙漠化的土地面积还在扩展中。另一方面，中国地方政府为了增加农民的收益，以便宜价格将土地出租给原本逐水草而居的牧民圈地放养，牲畜在圈养地啃食草地，更加速沙漠化。联合国"国际永续资源管理小组"即指出，畜牧业占用地球 38% 的土地，消耗地球大部分的农作物和 30% 的净水，并排放全球 19% 以上的温室气体（全球 51% 以上的人为排放温室气体），更是造成全球暖化最大的单一来源。

行旅多年，透过镜头的方寸视野，摄下许多美好事物，也借由片片段段的美丽，透视了美丽背后所蕴含的隐忧。让我省思人与大自然之间，应该建立真正的关

系，而非消费和耗损。站在黄沙大漠中的我，站在极地冰原中的我，是多么渺小，愿这些零星散落的美丽影像，能回馈给旷野一丁点儿力量，唤起人们对大自然的一种崇敬的疼惜。

消失的古文明，
失去光环的传统价值

许多风味质朴的沙漠景致，经过长时间现代化的洗礼，慢慢走入了历史。若凭着旧日的记忆，或书籍上的记载，想捕捉脑海中的画面，简直像是缘木求鱼。原本当地居民赖以为生的马或骆驼，而今都已沦为游客拍照的工具了。

在过去，牧民逐水草而居，随着天气的变化，把烹煮器具、衣物家具等物品，全都捆在骆驼上，并且绑上多层地毯，一边赶着饲养的牲畜，一边举家迁徙，成就了沙漠中一幅难得的活动风景。而今牧民搬家，只消

牧民逐水草而居，这种举家迁徙的画面，在现代化汽车的取代之下，已经很少看见了。

一台汽车就可全部解决，甚至还雇佣摩托车骑士，帮他们赶牲畜呢！

　　至于提到古文明的消失，更是令人唏嘘不已。新疆的塔克拉玛十沙漠，在汉朝就已经是著名的丝路古道，商贾们在亚洲和欧洲繁华的城市之间，负责文化与商品的传播与传递。丝绸、金银器具或漆器等，都曾在沙漠短暂停留，期间的繁华景象可见一斑。中国的史书记载，塔克拉玛干沙漠里曾有过西域36国，在大小错落的绿洲上，建立起繁盛一时的大漠之城，当时物产的丰盈与文明的发达可见一斑。

　　我曾在内蒙古巴丹吉林沙漠，探访过西夏古都遗址，遥想当时原本华丽坚固的沙漠城堡，如今都被风蚀消磨殆尽，只剩下平坦脆弱的线条。除了建筑物的尖塔以外，其他部分称之为模糊的土块亦不为过，让人陡升无处话凄凉的悲伤情绪。不禁让人想起同样被风沙埋葬的楼兰古城，以及席慕容的诗句：

　　　　夕阳西下，
　　　　楼兰空自繁华，
　　　　我的爱人孤独的离去，
　　　　遗我以亘古的黑暗
　　　　和亘古的甜蜜与悲凄。

沙漠教我的事：
人身难得，无常迅速

　　已故作家三毛曾言："长久的沙漠生活，只使人学到一个好处，任何一点现实上的享受，都附带的使心灵得到无限的满足和升华。"无意间看到一则报道，说是一只身价高达台币2000万元，名为"长江二号"的藏獒，它的饲主竟然安排30辆黑色奔驰轿车，在西安咸阳机场列队欢迎。又如文莱的国王，拥有7000辆豪华名车，他所居住的皇宫，拥有1788个房间，每次出门均有500名随从。另有印度首富安巴尼全家不过五人，却拥有600的家佣团队，新居27层的豪奢大厦，顶楼设有3座直升机停机坪。相较于沙漠的贫瘠，对比这种穷奢极侈的行为，是多么讽刺！

　　《圣经》上说："富人要登天堂，比骆驼穿针还难。"但类似比尔·盖茨、巴菲特等富有而热衷慈善的企业家，应属例外。孟子曾说："生于忧患，死于安乐。"多数人只有在忧患中才会觉醒，过得太安逸反而不会想到人生的问题。

　　沙漠中动静的对比非常明显，一株岩缝中的小草，或是千年不坏的胡杨树，矗立在棱线起伏的沙丘中，自成一幅静谧的风景，充分展现了生命的韧性。但一阵强风骤然刮起，群沙开始翻滚飞扬，变换队形，原先沙丘完美的棱线刹那间消失无踪，仿佛被无常的魔爪攫夺。沙漠是以行动教导我：人身难得，无常迅速，想做什么赶快去做，否则一旦失去人身，万劫不复！

　　旅行沙漠，虽然肉体要随时适应极冷和极热的温度变化，

但景致随着温度变化而变幻莫测，像吸铁石一般吸住了摄影的镜头。心情则在喜悦
与挫折之间摆荡。守候到一个难得的画面，心中狂喜不已，失去瞬间的美景，也会
懊恼半天。莫小看这观景窗的方寸之间，也能窥见人生境遇的缩影。

　　我拍沙漠里色温的变化、拍沙漠的早晨与黄昏，为了等待这些转瞬即逝的美
景，不惜从阳光灿烂等到了红霞满天，也未必能够等到一个珍贵的画面。可见一分
耕耘一分收获，若无因缘条件的配合，在此时此地是不适用的，但是耐性被磨出来
了，也是一项无形的收获啊！

后记
行行觅觅，抓住了什么？

摄影，是为抓住那一方世间之影！我的第一张被抓住的影像，是在家族照片簿里，一张褓褓中、零岁的独照，是现存可见的、我的第一张被摄取的照片。

后来有一张小学时期，穿着日式制服的照片，背着后背式书包，侧身，回眸向镜头，很有精神，有一股"人小志气高"的架势。在那传统的、古典氛围充盈的时代，我，被抓住了一个不落俗套的 pose，自觉小有个人特色。

第一张被我抓住的影像已不记得了，也没保存下来。记忆中，大学时期，在我预定受洗作基督徒的那一天，突然奉父亲之命，赶去台中中兴新村，为当选模范母亲而接受表彰的祖母拍照。照片今已下落不明，也许存在族亲长辈的家里。而我，也因此无缘当一个真的"陈弟兄"！（注：大学时代的我，热衷参与基督教

大妹在东京出生，那时母亲正在大学医学院就读，父亲则在东京劝业银行任职。

团契活动，被同学戏称"陈弟兄"。)

　　第一次踏上摄影旅途，是 1989 年，到中国西陲的新疆塔克拉玛干沙漠。大漠黄沙，纵横天际，在晴空无风之下，沙形曲线万千、优美婉约。这个维吾尔语称为"鸟也飞不过去"的中国最大沙漠，在公元 4 到 7 世纪时，曾让西出阳关、到天竺取经的苦行僧众备尝艰辛，苦不堪言。

　　之后，年年复行行，我就像老骥伏枥一般，肩上挂着沉重的摄影器材，行行复觅觅，摄取穹苍之下的自然生态和文化风貌。美国的黄石公园、大峡谷；加拿大的枫叶、瀑布；中南美印加文明遗址；南非的动物世界；爱琴海荷马史诗的众神国度；欧洲捷、奥文艺复兴的古典风华；印度的宗教艺术石窟；柬埔寨吴哥窟；中国敦煌的莫高窟、九寨沟、云南和桂林；日本北海道的阡陌花田……

　　尔后是纵身三极的极地之旅：搭乘破冰船拍摄南极的企鹅、冰山和海鸟；在北极圈白日守候北极熊，夜晚枯等北极光；在中极踏上了"世界屋脊"的青藏高原秘境。

　　我不是专业摄影，也没有要成就专业的压力。摄影于我是一份兴趣，自娱并且

分享身边的亲友。之所以唯独钟情摄影，在于那份透过镜头，取景构图的美感和悸动。画家作画，多半是在呼吸均匀的柔软中酝酿；摄影构图，却是当下意和境的交会，有时从容取镜，有时就抢在那一刹，当按下快门的片刻，一定是屏气凝神、呼吸止静的。因此，那份"抓住了"的欣喜之情，可以一路延续到回家之后，在灯箱上一一细看冲出的正片。

这份狂热，是学生时代文艺青年爱美好艺的遗绪？也许是吧！

所以，与其说爱上摄影，毋宁说，爱上构图！此外，旅游带给我的，除了一般的行遍天下增广见识之外，更重要的，它是一趟"hard work"，也是一趟重生"rebirth"的生命之旅。为旅行加上了摄影的任务，那更是超载的重度"hard work"。为了追逐光线和气氛，早起、枯等；为了更突出的构图角度，攀高、伏地、卧冰；有时浑然不顾那颤巍巍的立足点，心甘情愿地难行能行，长途跋涉，忍受严酷的气候和大自然无情的洗礼。

行过三极、五大洲，更真实地体会到：寰宇无疆界。无论是在沙漠、在极地冰原、在汪洋大海之上，四界无边，唯与天接。人，真真实实就是天地间一芥子。世界民族、文化、国土的边疆在千古大自然中，原是混沌一隅，唯一不二的本然。（人之渺小，何足言"人定胜天"！）

天涯游子，东西南北，行得远、走得长；踏沙也行、冰山也过；身在凶猛恶水上的一艘破冰船中，五脏随巨浪而翻滚；天地之壮美、之酷厉，人与大自然的角力搏斗，如是我见，如斯我在。这十多年来辛苦的"hard work"的摄影成绩，精挑细选，先后付印出版

了《飞鸿雪泥》、《梦想南极》两本书，因书而掀起了社会效应，而几度接受专访刊载于报刊和杂志，以及受邀校园和公益演讲，现场放映影片，有幸将旅行中的感动与省思分享给大众，期望能回馈世间一丁点儿的力量。

一份兴趣，一份不畏辛苦的坚持，凭借精神与意志之力，为自己退而不休的生命旅途，一程一程地竖立起里程碑，自我领受，同时也分享出"世界真奇妙"的绮丽风光，岂不"快意人生"！

从童年时被拍摄留下纯真的影像；从中年行旅过花甲，拿起相机摄影大千万象；我这沧海一粟的"老顽童"，仍然对世界怀抱好奇，即使有一天势必要放下超载的摄影行囊，换上口袋型的傻瓜相机，也是服膺生命的自然律，又何尝不可"自歌自舞自开怀"？

图书在版编目(CIP)数据

那些极境教我的事/陈维沧著·摄影—北京:商务
印书馆,2011
ISBN 978 - 7 - 100 - 08510 - 6

Ⅰ.①那…　Ⅱ.①陈…　Ⅲ.①游记—作品集—
中国—当代　Ⅳ.①I267.4

中国版本图书馆 CIP 数据核字(2011)第 170625 号

那些极境教我的事

陈维沧　著·摄影

商 务 印 书 馆 出 版
(北京王府井大街 36 号　邮政编码 100710)
商 务 印 书 馆 发 行
北京雅迪彩色印刷有限公司印刷
ISBN 978 - 7 - 100 - 08510 - 6

2012 年 1 月第 1 版　　　开本 787×1092　1/16
2012 年 1 月北京第 1 次印刷　印张 13
定价:58.50 元

凡将此回函寄回者，赠《几米经典纪念邮票》一册

（价值约50元人民币）

北京涵芬楼文化传播有限公司对此活动有最终解释权

书名：那些极境教我的事			
姓名：		性别：＿＿＿1. 男　　2. 女	
出生日期：　　　年　　月　　日		联络电话：	

＿＿＿学历：1. 小学　　2. 初中　　3. 高中　　4. 本科　　5. 研究生（含以上）

＿＿＿行业：1. 小学　　2. 公务　　3. 服务　　4. 金融　　5. 制造

　　　　　　6. 咨询　　7. 大众传播　　8. 自由业　　9. 农渔牧

　　　　　　10. 退休　　11. 其他

通讯地址：＿＿＿＿＿＿＿＿＿＿＿＿＿＿＿＿＿＿＿＿＿＿＿

　　　　　＿＿＿＿＿＿＿＿＿＿＿＿＿＿＿＿＿＿＿＿＿＿＿

E-mail：＿＿＿＿＿＿＿＿＿＿＿＿＿＿＿＿＿＿＿＿＿＿＿

＿＿＿购书地点　　　下列资料请以数字填在每题前之空格处

　1. 书店　2. 书展　3. 书报摊　4. 邮购　5. 网络　6. 直销　7. 赠阅　8. 其他

＿＿＿您从哪里得知本书

＿＿＿1. 书店　2. 报纸广告　3. 报纸专栏　4. 杂志广告　5. 网络资讯　6. 亲友介绍

　7. DM广告传单　8. 其他

　　您对本书的意见

＿＿＿内　　容　1.满意　　2. 尚可　　3. 应改进

＿＿＿编　　辑　1.满意　　2. 尚可　　3. 应改进

＿＿＿封面设计　1.满意　　2. 尚可　　3. 应改进

＿＿＿定　　价　1.满意　　2. 尚可　　3. 应改进

您的建议

....

....

涵芬楼文化　出品

回邮地址：北京市东城区灯市口大街33号国中商业大厦826A

邮政编码：100006

豆瓣小站：http://site.douban.com/119934

新浪微博：http://weibo.com/u/2192150333